彼女の朝

おいしいコーヒーのいれ方Ⅲ

村山由佳

集英社文庫

おいしいコーヒーのいれ方III

彼女の朝◇目次

〈前巻までのあらすじ〉

高校三年生になろうという春休み。父親の九州転勤と、叔母夫婦のロンドン転勤のために、勝利《かつとし》は、いとこのかれん・丈《じよう》姉弟と共同生活をさせられるはめにおちいった。しぶしぶ花村家へ引っ越した勝利を驚かせたのは、かれんの美しい変貌ぶりだった。

いつしか五歳年上の彼女を、一人の女性として意識しはじめる勝利。やがて、かれんが花村家の養女で、彼女が想っていた『風見鶏《かざみどり》』のマスターの実の妹だという事実を知った彼は、かれんへの愛をいよいよ強める。一方、胸のうちにつらい秘密を抱えていたかれんも、自分を見守ってくれている勝利のまなざしに気づく。

こうしてはじまった二人の恋だが、ファースト・キス以降、大きな進展をみせない。互いにもどかしい気持ちを抱えて悩むなか、叔母が一時帰国してきて、状況はさらに複雑なものへと……。

おいしいコーヒーのいれ方Ⅲ

彼女の朝

WE'RE ALL ALONE

1

「いやよぅ、お見合いなんて。まだ早すぎるわ」

少しだけ開いたリビングのドアの向こうから聞こえてくるかれんの言葉に、僕は、そうだそうだと何度も深くうなずいた。

パジャマ姿のまま、立ち聞きを絵に描《か》いたようなかっこうで廊下の壁にへばりついてから、もう何分過ぎただろう。下がらない熱のせいで、頭がぼうっとしている。かれんから伝染《うつ》されたのか、彼女と出かけた初デートで夕立に降られたせいかは知らないが、夏風邪《なつかぜ》のひどいやつにすっかりやられてしまったのだ。

「なに言ってんだい、かれんちゃん」と、タツエおばさんの声が言った。「早すぎるってくらいから準備しといて、ちょうどいいんだよ」

タツエおばさんの正確な歳《とし》を聞いたことはないが、たぶん六十代後半くらいだろうと思う。僕から見ると、母方の大伯母《おおおば》にあたる。つまり、僕の死んだおふくろや、かれんの母親の佐恵子《さえこ》おばさんからすれば、伯母ってことだ。

決して悪い人ではないのだけれど、何だかんだと小うるさくて、いっぺん上がり込むとなかなか帰ろうとしない。まあ、よくいるタイプだ。

だんなさんは何年も前に亡《な》くなったし、息子や娘はとっくに独立してしまったしで、目下の趣味は、親戚《しんせき》中の誰《だれ》かれの世話を焼いてまわること。特に僕にとって迷惑なのは、タツエおばさんの何よりの楽しみが、仲人《なこうど》だということだった。

「かれんちゃん、あんた確かもうすぐ二十三だろ？」

「四だけど、でも、」

「あららら、そりゃ大変だ！」

タツエおばさんは、ヒキガエルのうがいみたいなガラガラ声で叫んだ。

「二十五も過ぎて、その頃《ころ》ンなって焦《あせ》ってカスつかんだんじゃ、泣くに泣けないんだよ。

ええ？」

耳が少し遠いせいか、声がやたらとでかい。こんなことなら、ひとつ置いて隣の自分の部屋で横になっていても、充分聞こえたかもしれない。

「そんなー。今どき、二十五や六で焦るなんて、おばちゃん古いわよぅ」

と、かれんは笑った。

「適齢期《てきれいき》なんて、人それぞれでしょう？　同僚の先生も言ってたわ。結婚したいと思った時が適齢期よ、って」

「いくつだね、その先生は」

「ええとー。二十九だったかな」

「だめだね」タツエおばさんは言い放った。「ある程度んとこを過ぎると、そうやって開き直っちまう女が多いんさ。開き直ったが最後だよ。いいかい、他人の言うことなんか鵜《う》呑《の》みにしちゃだめ。あたしがこれだけあんたのことを親身《しんみ》になって考えてあげるのは、やっぱり身内《みうち》だからこそなんだからね」

「そ、それはありがたいと思っ……」

「キャリア・ウーマンだか何だか知らないけどね」おばさんは、かれんにしゃべらせなかった。「男はやっぱり、年増《としま》よりは若い嫁さんをもらいたいもんなんだよ。悪いこた言わないから、おばさんの言うこと黙って聞いときな」

「だけどほんとに……」

「あんた、好きな男でもいるのかい？」

ハッとなって、僕は聞き耳を立てた。

「そ……それは……」

かれんが口ごもる。

「はっきり将来のことを言《い》い交《か》わした人がいるんなら別だけどね、そうじゃないなら、いっぺん写真だけでも見てごらんね、だまされたと思って」

だまされるんじゃないぞ、かれん。

「あんたにぴったりの人、選びに選んで何枚か持ってきてやったんだからさ。この中からだったら、どの人選んでも大丈夫さ。学歴・収入・身長の三高はあったりまえ。身元も確かだし、性格も保証つきだよ」

保証つきって、何だそりゃ？　保証書でもあるってのか、とツッコミたくなる。第一、男の性格なんか、いったい誰がどうやって保証できるんだ？

〈優しさ〉にしろ〈包容力〉にしろ〈男らしさ〉にしろ、そんなもの受け取り手によっていくらでも評価は変わるものなのだ。だいたい、かれんに「ぴったりの人」がそう何人もいてたまるか。ここに一人いれば、充分だってんだ。

カリカリしながら、僕はまるで餌《えさ》を食べるカメみたいに首をのばして、ドアの隙間《すきま》にもう少し耳を近づけた。

「ね、見るだけでもいいじゃないか」と、タツエおばさんはねばった。「見たって何が無《む》駄《だ》ンなるってもんじゃなしさあ」

「時間が無駄になるものー」

さすがはかれんだ。いいことを言う。

「そう意地になるものじゃないわよ、かれん」

と、今度は佐恵子おばさんの声が言った。

「せっかくタツエさんがここまで言って下さってるんだから、見せていただいたらどうなの」

「母さん、そんなに私をお嫁にやりたいの？」

「そうじゃないけど、あなたはそれでなくてもノンビリ屋さんなんだから、母さん心配なのよ。ぼうっとしているうちに行き遅れてもらっても困るじゃないの。せっかくお嫁にやるなら、父さんがまだバリバリ働いてくれてるうちがいいわ。女の子の結婚は、物要《ものい》りなんだし」

かれんは黙ってしまった。

僕は、無理な体勢で痛くなってきた足を、そっとふみかえた。

かれんの考えていることが、僕には手に取るようにわかった。どうせ、血のつながらない自分をここまで育ててくれた佐恵子おばさんたちにわがままばっかり言うわけにはいかない、とかなんとか、そんなつまらないことを考えているに違いないのだ。

このへんで、事情を説明しておかなければならないだろう。

まず、佐恵子おばさんというのは、僕の死んだおふくろの妹にあたる。さらに、僕の親父《おやじ》（いま九州に単身赴任している）と、佐恵子おばさんのダンナである花村《はなむら》のおじさん（こちらはイギリスに赴任中）とは、大学時代、同じ野球部にいた親友同士だった。つまり、球場に応援に来ていた美人姉妹（往年のおふくろと佐恵子おばさん）を、親父と花村のおじさんとがゲットしたわけだ。

この夏の間こそ、佐恵子おばさんは僕らの様子を見に日本に帰って来ているけれど、いつもはおじさんと一緒にロンドン郊外の家にいる。子供たちをただ残していくのが心配だったおじさんと親父とは、それぞれの転勤が決まった時に一計を案じたのだった。親父は我が家を期限付きで人に貸してしまい、あのころまだ高二だった僕を花村家に下宿させるかたちで、かれんと丈《じょう》の姉弟《きょうだい》と三人まとめて生活させることにしたのだ。

でも……後でわかったことだが、かれんは僕の本当のイトコじゃなかった。

かれんの両親は、彼女がまだ三つになるかならない頃に事故で亡くなった。父親のほうは、かつて同じ野球部の先輩として、僕の親父や花村のおじさんと親しかったらしい。おじさんは、かれんの引き取り手がいないことを知って、花村家の養女にしたのだ。

おじさんと佐恵子おばさんは、かれんを実の娘のようにかわいがってここまで育て上げた。できることなら、文句のつけようがないほどりっぱな相手を見つけて、ちゃんとした結婚式を挙げさせて、誰よりも幸せにしてやりたいと思っているに違いない。

でも、かれんが自分の出生にまつわる事実を知っているということに、どうやら佐恵子おばさんたちは気づいていないらしいのだ。だからこそ、気持ちのすれ違いが起こる。佐恵子おばさんからすれば、おなかを痛めた実の娘とまったく同じように思っているからこそ言える言葉――女の子の結婚は、物要りなんだし――が、聞くほうのかれんの側からしてみると、ちょっぴりつらい言葉になってしまう。うまくいかないものだ。

「ねえ、後生《ごしょう》だから、写真を見るくらいはしてやっとくれよ」と、タツエおばさんは言った。「でないとあたしゃ、何のためにここまで来たんだかわかりゃしないよ。この暑い中、老骨にむち打ってさあ」

かれんのため息が聞こえた。

「もう……。ほんとに見るだけよ？」

「いいともさ。見たらきっと、会ってみたくなるよ」

「じゃ、やっぱり見ない」

「かれんっ」

とうとう佐恵子おばさんに叱《しか》られて、かれんはもう一度ため息をついた。

カサコソと紙のふれ合う音がする。

「ほぉーらごらん」勝ち誇ったようにタツエおばさんが言った。「優しそうな殿方《とのがた》だろ？」

どれほど、部屋に飛び込んでいって破り捨ててやりたかったことだろう。

けれど、僕は、奥歯をかみしめて、その衝動をこらえた。

まだ十九の僕が……どんなに頑張ってバイトしてもスズメの涙ほどしか稼《かせ》げない僕なん

かが、タツエおばさんが自信満々で持ってくるような好条件の男に太刀打《たち》ちできるはずがないのだ。

あと三年半。三年半たてば、僕だって大学を出て就職できるのに。だけど、それまでの間、かれんはいったいいくつのお見合いを断らなければならないんだろう？　僕とつき合っていることを堂々と公表することもかなわない彼女に、次々に押し寄せる見合い話を断り続けることなんかできるのだろうか？

「どうだい、かれんちゃん？」

と、タツエおばさんが水を向ける。

するとかれんは、まるで手からはなれた風船みたいにのーんびりした、あのいつもの口調で言ったのだった。

「ねえ、この人、どうしてこんなにおでこが広いの？」

ブッとふきだしそうになるのを、僕はてのひらで口と鼻をおおって我慢した。

それはなあ、かれん。それはたぶん、そいつがハゲだからだよ。

「おでこが広いのは、頭がいい証拠さね」と、タツエおばさんは苦しまぎれの言《い》い訳《わけ》をした。「学歴ンとこをごらん。東大出だよ。エリートだよ」

「でも私、こういうテカテカしたひとってきらいー」

「だめかい」残念そうにタツエおばさんは言った。「じゃあ、こっちはどうだね」

少し黙っていた後、かれんは言った。

「……ヤギみたい。紙食べそう」

僕は、くっくっと笑いをこらえた。かれんのやつ、けっこう言うじゃないか。

「あのねえ、かれんちゃん」タツエおばさんは、子供に言い聞かせるような口調になった。「男は、見た目で判断しちゃいけないよ」

ばか言え、と僕は思った。初めて見るヤツなんだぞ。とりあえず、見た目以外にどこで判断しろって言うんだ。

「とにかくいっぺん会ってごらんよ。ひょいと気が合うかもしれないじゃないか。ほれ、この人ならどうだい」

いいかげんにしろよ。さすがに腹が立ってきて、僕はこぶしを握りしめた。トランプじゃあるまいし、何枚出せば気がすむんだ？

と、ポン、と肩をたたかれて、飛び上がった。

ふり向くと、後ろに丈が立っていた。チェシャ猫みたいにニヤニヤしながら、僕をひじでこづく。

僕は、ドックンドックン音をたてる心臓をおさえながら、小声でささやいた。

「お前、どこから……」

「普通に玄関から入ってきたんだぜ」と、丈も小声で言った。「勝利《かつとし》ってば、そっちに夢中なんだもん」

「図書館はどうしたんだよ。京子《きようこ》ちゃんは？」

「家まで送ってった。あいつ、カワイソーに、急に生理んなっちまってさ」

ぎくりとするようなことを、平気な顔で丈は言った。

「で、なに？　タツエおばちゃん来てるってことは、姉貴、見合いすんの？」

「するわけな……」

思わず大声を出しかけた僕は、あわてて丈の腕をとって自分の部屋へ引きずり込んだ。

手を放し、あらためて怒鳴《どな》る。

「するわけないだろッ！」

丈は両手で「まぁまぁ」という感じに僕をしずめ、またしてもニヤッと笑った。

「勝利もホント、苦労が絶えないね」

「ったく、他人事《ひとごと》だと思いやがって」

「だーって他人事だもーん」

丈はそう言って、ひょいと肩をすくめた。

「よかった、オレ。年上なんかによろめかないで」

……いっぺんシメたろか、こいつ。

2

その日の夕方。

やっとのことでタツエおばさんが帰っていった後、僕は部屋から首を出して、

「かれん」

台所にいる彼女をこっそり呼んだ。

「あ、ショーリ」湯呑《ゆの》み茶わんやコーヒーカップを洗っていた彼女は、ふり向いて言った。

「だめじゃない。ちゃんと寝てなきゃ治《なお》らないわよ」

そう言いながらも、みるみる頬《ほお》が染まっていく。

そのわけを、僕は知っていた。それを考えると、いとおしくて、飛びついていって抱きしめたくなる。

水仕事の邪魔《じゃま》になるのか、かれんはウェーヴのかかった長い髪をゴムでひとつに束ねていたけれど、着ているもの（紺《こん》のタンクトップと白いスカート）は、数時間前のあのときのままだった。あのとき、というのはつまり、佐恵子おばさんが僕の部屋にかれんを呼びに来て、

〈タッエさんが、あんたにちょっと……〉

と言ったとき、という意味だ。

そう……佐恵子おばさんがドアをあける一瞬前まで、かれんは、僕の腕の中にいたのだった。

タンクトップの布地の上からではあったけれど、初めてさわったかれんの胸の柔らかさは、まだはっきりと僕のてのひらに焼きついている。かれんの顔が赤いのは、そのせいなのだ。

佐恵子おばさんがああして呼びにさえ来なければ、もう少し、もうほんの少し先までいっていたかもしれない。まったく、いつもこうだ。いいところまでいくと、きまって邪魔

が入る。誰かの陰謀《いんぼう》じゃないかと思うくらいだ。

「佐恵子おばさんは？」

僕が訊《き》くと、

「駅までタツエおばちゃんを送ってったわ」

と、かれんは言った。

「丈は？」

「ビデオ借りに行ってくるって」

僕は、黙って手招きした。

「だめよ」

かれんまでが、ささやき声になる。

「母さん、きっとすぐ帰ってくるもの」

「いつ出たのさ？」

「ええと、五分くらい前」

「歩いてだろう？」

「そう」

「じゃ、少なくともあと十五分くらいは平気だよ」

「でも……」

「かれん」

するとと彼女は、一瞬困ったような、せつなさをこらえるような、何とも言えない表情を見せたかと思うと、濡《ぬ》れた手をタオルでさっとぬぐってテーブルをまわり、僕の部屋へすべりこんできた。

かれんの背中で、ぱたん、とドアが閉まる。

僕らは、向かい合って立ったまま、じっと見つめあった。かれんの茶色がかった瞳《ひとみ》の中に、僕が映っている。部屋の中のすべてが映り込んでいる。水晶玉みたいだ。

と、かれんがふいにその瞳を閉じたかと思うと、なんと……僕に抱きついてきた。僕の背中に彼女の腕がまわされ、ぎゅっと抱きしめられる。

固まってしまった。

あまりにもびっくりして、動けなかった。いや、そんな言葉では追いつかない。ごく控えめに言って、ブッたまげていた。

「か、かれん」

「…………」

僕は、ごくっとのどを鳴らした。

「ど……どうしたんだよ」

「…………」

「なあ」

「…………」

かれんは、額《ひたい》を僕の胸にあてて、うつむいたままだ。

「かれん」

もう一度呼ぶと、彼女はぐっと強くおでこを押しつけた。

「わかんないの」

と、かれんはつぶやいた。

「でも、なんだか急に、こうしたくなっちゃったの」

心臓に、鋭い疼痛《とうつう》がキリキリと走った。

喜びをこらえる時と、悲しみをこらえる時の胸の痛みは、なんでこんなによく似ているんだろう。

彼女の体をきつく抱きすくめる。そのままドアに押しつけるようにして、いつになく乱暴にキスをすると、かれんは、

「ん……」

小さな声をもらして、僕のパジャマの背中をぎゅうっと握りしめた。

たて続けに何度も、何度もキスをくり返した後で、僕はかれんの顔を自分の胸に抱き寄せて目をつぶった。

「痛《い》ッてぇ……」

と、つぶやく。

「かれん、俺……心臓が痛てぇよ……」

コクン、と、かれんがうなずく。

「私も。それに、なんだか変なの」

「ん？」

「私……ショーリにキ……キスされるの、その……」

「いやなのか？」

「ううん」

彼女は激しく首をふった。

「その、逆、になっちゃったみたい」

「それ、もしかして、されるの好きになっちゃったってこと？」

かれんは、耳から胸もとまで真っ赤になって、もう一度コクリとうなずいた。

心臓の痛みがさらに強くなる。引きちぎれそうだ。まさか俺、このまま発作でも起こして死んじまうんじゃないだろうな。

「へ……変なのかな、私」

と、かれん。

「ばかだな」と僕は言った。「それが正常なんだよ。まかせろって。キスくらい、百万回でもしてやるからさ」

かれんが、口の形だけで「もう」と言いながら、人さし指の先で僕の胸をこづく。その顔を仰向《あおむ》かせて、

「そのかわり……」

僕はもう一度、かれんの瞳の奥をのぞき込んだ。

「そのかわり、誰とも見合いなんかするなよな」

「ん」

「絶対だぜ？」

「ん。絶対しない」

かれんは、くしゅっと微笑《ほほえ》んだ。

「ねえ、ショーリ」

「ん？」

「あのね。ええと……」

「なに」

「ううん。やっぱり、いい」

「なんだよ、言いかけたんだから言えよ」

するとかれんは、ますます真っ赤になりながらうつむいて、ようやく、消えいりそうな声でつぶやいた。

「す……好きだなーって」

僕はとうとう、心臓を握りしめてしゃがみ込んだ。

3

夏風邪は、たちが悪い。体じゅうがだるくて、なかなか熱が抜けない。

結局、僕が起きて普通に生活できるようになるまでには、それから四日もかかってしまった。せっかくの夏休みだってのに、もったいないったらない。

でも、その間、かれんは何度かさりげないふうを装って部屋まで覗《のぞ》きに来てくれた。冷たいタオルを額にのせてくれたり、飲み物を持ってきてくれたりもした。もちろん、そのたびにキスなんてできるわけじゃなかったけれど、我慢するのも、それはそれで幸せな苦痛だった。あんなふうに、かれんの口から好きだと言ってもらえたことで、気持ちが潤《うるお》っていたからだと思う。

しばらくぶりに『風見鶏《かざみどり》』に顔を出すと、ヒゲのマスターは、

「もう起きたりして大丈夫なのか？　バイトのことなら、無理しないでいいんだぞ」

と優しく言ってくれた……なーんてのは僕の都合《つごう》のいい幻想でしかなくて、実際には、マスターはこう宣《のたま》ったのだった。

「この軟弱者めが、それでも運動部か。お前なんぞもうクビだ、クビ」

ちょうどカウンターでアイスコーヒーを飲んでいた星野《ほしの》りつ子が、

「そんなこと言っちゃっていいんですか、マスター？」

クスクス笑いながら、僕のほうに向き直った。Tシャツの胸に描《えが》かれたクマの絵が、一緒にこっちを向く。

「ほんとは、和泉《いずみ》くんがいない間、お店てんてこ舞いでね」と星野は言った。「マスターも、しみじみ言ってたのよ。『知らないうちにこれだけあいつに頼ってたんだなあ』って……」

マスターが咳《せき》ばらいした。

「よけいなことは言わんでよろしい」

星野りつ子は、僕に向かってぺろっと舌を出した。

星野と僕は、同じ大学の同じクラスだ。机を並べることも多い上に、部活まで一緒。星野は、我らが陸上部のマネージャーなのだ。

さらには家までが近所ときては、もう、つねに顔をつき合わせているといっても過言ではない。佐恵子おばさんなんか、僕らが部活のあと一緒に帰ってきたところを見て以来、星野のことを僕の彼女だと思い込んでしまっている。かれんに誤解されずにすんだのが、せめてもの救いだ。

夏休みの間だけ、星野は駅前のビデオ屋でバイトをしている。この、喫茶店『風見鶏』とは百メートルほどしか離れていないので、休憩時間や帰りには、たいてい何か飲みに寄るのが日課だった。僕が休んでいた間も、それは変わらなかったらしい。ツケもずいぶんたまったことだろう。

店の中には、いつものように、抑《おさ》えたボリュームで音楽が流れていた。街角《まちかど》やテレビのＣＭなどでもよく耳にする、ロマンチックなバラードだった。

帆布《はんぷ》のエプロンをかけてカウンターの中に入りながら、僕はマスターに向かってスピーカーを指さした。

「これ、よく聞くけど誰の曲？」

「ん？　……ああ、ボズな」

「え、坊主？」

マスターはふきだした。

「ばか。ボズだ。ボズ・スキャッグス。昔はスティーヴ・ミラー・バンドで……と言っても、そうか、お前らあたりは知らんかなぁ」

オーケストラのストリングスと、美しいピアノのメロディにのって、ちょっと他にないような不思議な声が優しくくり返している。

We're All Alone…We're All Alone….

二人きり――か。

いいよなあ、と、しみじみ僕は思った。

かれんと僕が本当に二人きりになれるのは、いったいいつのことなんだろう？　ひそかにため息をつきながら、星野りつ子の前にあった水を新しいものと替えてやる。サービスで出してやったクッキーをひとつほおばった星野は、

「あ、そうだ」

思い出したように、カウンターに身を乗り出してきた。

「ねえねえ」

「ああ？」

「原田《はらだ》先輩のラーメン、おいしかった？」

僕は、ぽかんと彼女の顔を見た。

「なんで知ってんの?」

風邪をひく原因になったあの雨の日、僕とかれんは、陸上部の原田先輩がバイトしている中華料理店に入って、めちゃくちゃうまいラーメンを食べさせてもらったのだ。でも、それをどうして星野が……?

「先輩から聞いたに決まってるじゃない」と、彼女は言った。「おとといだったかな、用があって学校に行ったら、ばったり会って」

いきなり彼女は、どら声をはりあげた。

「『いィィずみの野郎ォ、とォォんでもねぇ美人を連れて店に来やがってなあッ』」

「すげぇ」と、僕は言った。「今の、顔までそっくり」

「……けんか売ってんの?」

僕はぷっとふきだした。まあ、ネアンデルタール原田にそっくりだなんて言われて喜ぶのはよほどの変人だけだろう。

「でね。えへへー、もうひとつ聞いちゃった」

「何を?」

星野は、いたずらっぽく目を輝かせた。

「原田先輩、悔《くや》しがってたわよ。その美人をオレの兄貴に紹介したいって持ちかけたら、断られちまったって。ねえ、かれんさん、もう彼氏いるんだって？」

ギクリとする。

こいつには決まった男がいるんです、と、あのとき原田先輩に言ったのは僕で、もちろんその〈男〉とは僕自身のことだったわけだが……。

カウンターの向こうの端で、コーヒー豆を量《はか》ってはブレンドしているマスターの存在が、急にずっしりと重く感じられる。なぜって、そりゃもちろん、マスターがかれんの血のつながった兄さんだからだ。

マスターは、僕がかれんとつき合うことに反対こそしないけれど、だからといって積極的に応援してくれるわけでもない。お前の責任の範囲内で勝手にやれ、という感じなのだが、勝手にやるほど難しいことはないのだった。いつもいつも、試されているような気がしてしまう。

と、マスターがゴミを持って裏口から出ていった。それを見送って、星野がひそひそ声で言う。

「かわいそ、和泉くん。片想《かたおも》いなんだ」

「はぁ？」

「やだ、そんなにびっくりしないでよ」

彼女は丸い目をくりくりさせて言った。

「忘れちゃったの？　前に私が、かれんさんを好きなんでしょって訊《き》いた時、和泉くん、自分でそうだって認めたじゃない」

「あ……ああ。うん。それで？」

「だから、かわいそって言ったの。もう決まった人がいるってことは、かれんさん、いつかその人と結婚しちゃうんでしょ？」

「………」

「なんだかそれって、せつないね」

何と答えたらいいかわからなかった。

星野は勘違《かんちが》いして同情してくれているのだ。

だが、訂正はしないほうがよさそうだった。本当のことを星野に言ったが最後、半日もたたずに原田先輩に伝わるに決まっているし、そうなれば、腕立て百回やそこらでは許してもらえないのはわかりきっている。基本的にはいい先輩なのだが、個人的な怨恨《えんこん》で職権を濫用《らんよう》する癖だけは困りものなのだ。

でも、それはともかくとしても、僕はなんだかひどく落ち込んでしまった。

原田先輩の口から、かれんに「決まった人がいる」と聞かされた時、星野は、それがもしかして僕じゃないかとはみじんも考えなかったってわけだ。

星野でさえも……僕がかれんを好きなことを一発で見抜いた星野でさえも、僕とかれんがつき合っているなどとは想像もしてくれない——それはつまり、この僕が、あまりにもかれんに釣り合っていないからなのではないだろうか？　かれんの〈決まった人〉としてみんながイメージするような男と、現実のこの僕との間に、あまりにもギャップがありすぎるからではないだろうか？

そう思ったらどんよりしてしまって、僕はその日、家に帰り着いてから何をする気にもなれなかった。

居間のソファにぼーっと横になって、見るでもなくテレビを眺める。つまらない気分で見るテレビは、最悪につまらなかった。

いつのまにか、うとうとしていたのだろうか。

ふとした気配にはっと目を開けると、真上から逆さになったかれんの顔がのぞき込んでいた。

「わっ」

と叫んで起き上がる。

「び、びっくりさせんなよ」

「うたた寝なんかしてー」

それまで頭の側に立っていたかれんは、前にまわってきて、めっと僕をにらんだ。

「そんなことだから、風邪ひいちゃうのよー?」

腰の両側に手をあてて、なんだかえらそうに立っているかれんを、僕はソファに座ったまま、黙って見上げた。

「ん?」

と、かれんが首をかしげる。

つくづく、いい女だよなあ、と思う。男が十人いたら、九人までが彼女のことを欲しいと思うに違いない。あとの一人は、そりゃきっとゲイだ。

こんなに美人で、トロいけど性格は良くて、家事はできないけど情にもろくて、運痴《うんち》だけど好奇心旺盛《おうせい》で……。だけどそんな女が、どうして僕のことを好きだなんて言うんだろう？

台所から、佐恵子おばさんが何か刻んでいる音と、換気扇の回る音が聞こえる。丈の部屋からは、流行《はや》りのポップスが聞こえてくる。風呂《ふろ》にお湯を落としている音もする。ホームドラマに出てきそうなほどの、そんなあたたかい音に囲まれているはずなのに、僕は、突然たまらなく寂《さび》しくなってしまった。こういうときはさすがに、九州に単身赴任している親父を思い出す。親父のやつ、僕がいなくても、ちゃんとマトモなものを食っているだろうか。

おふくろが死んでしまって以来、親父と二人暮らしだった僕は、この花村の家でかれんと丈の三人で暮らしはじめても、やっぱり一家の主夫だった。

料理、洗濯、ふき掃除。その他、ここ一年ほどずっと僕がやっていた家事を、こうして佐恵子おばさんが全部やってくれるのはもちろん楽は楽なのだが、おかげで僕は、居場所がないというか、肩身が狭いというか、手持ちぶさたでいらいらしてしまうのだ。

たとえば、かれんの好きなものを料理してやること。

かれんが気持ちよく暮らせるようにしてやること。

あれこれとかれんの世話をやき、かれんが喜ぶ顔を眺め、いつもそばにいて、かれんをかばってやること。

　これまではそれが、この家での僕の役割だと思っていた。いや、かれんの隣にいる男としての役割だと思っていた。

　でも、この家の本来の主婦である佐恵子おばさんが帰ってきただけで、こんなにも落着かない気持ちにさせられるのはどうしてかといえば――それはたぶん、今まで僕がかれんの隣で果たしてるつもりになってた役割が、じつは僕じゃなくてもできるようなことでしかなかった、と、思い知らされたからなんだと思う。

　いつまでも僕が黙っているのを見て、

「ねえ、どうしたの？」

　かれんは、僕の足もとの床にぺたんと腰をおろした。

「なんか、元気ないんじゃなーい？」

「……うん」と、僕は言った。「そうかもしんない」

　かれんのために、この僕だけがしてやれることって、いったい何なのだろう。

　それを見つけるためにも、なんとしてでもかれんと二人きりになって、ゆっくり話がしたかった。

佐恵子おばさんは、イギリスにおじさんを残してきたわけだから、夏が終わればまた戻っていくのだが、それまでなんか待ってはいられない。

「かれん」

台所に聞こえないように、小声でささやく。

「なあに？」

「あのさ。夏休みの間にさ。久しぶりに、二人で鴨川《かもがわ》へ行かないか？」

できるだけさりげない調子で、僕は言った。

「お前はちょくちょく行ってるけど、俺はまだ一度きりだし。おばあちゃんに会って、そのあとは海を見に行ってさ。たまには、一日じゅう二人きりでゆっくりしようよ」

びっくりしたように、かれんは目をみはっている。その肩を抱き寄せたくてうずうずしながら、僕は、それをこらえるために自分のひざを握りしめた。

「行こうよ」

と、くり返す。

「ショーリ……」

「な。いいだろ？」

かれんはじっと僕の目の奥を見つめた。

「なにか、あったの？」

「え」

「今日のショーリ、なんだか変。あ、ううん、鴨川へ行こうっていうのが変ってことじゃなくて、ただなんとなく……いつもと違うみたい」

僕は、ふーっと長いため息をついた。いつもはあんなにトロいくせに、どうしてこういうときばっかり鋭いんだろう。

台所を見やる。佐恵子おばさんは、流しのほうを向いて、さやいんげんのすじを取っている。

その後ろ姿を見ながら、僕は言った。

「俺……いつになったら、お前に追いつけるのかな」

「……え？」

目を戻すと、かれんは、わけがわからないといったふうに僕を見上げていた。

「追いつくって、それ、歳《とし》のこと……じゃないわよね？」

「うん。そりゃどうやったって無理だもんな」

「ん」

かれんは、くすっと笑った。

「でも、不思議ねー。ショーリと私、おーんなじこと考えてる」

「え？」

ひとつひとつの言葉を確かめるように、かれんはゆっくりとつぶやいた。

「私もね、このごろときどき、不安でたまらなくなることがあるの。知らないうちに、いつのまにかショーリに置いていかれちゃうような気がして」

「ばか、そんなこと、あるわけないだろ？」

「ん。そうよね」

と、かれんは微笑んでうなずいた。

「でも、ショーリ、自分で気がついてる？」

「何を？」

「母さん、ついこの間も言っていたのよ。勝利ってば、このところ急に男っぽくなっちゃって、まるでかれんのほうが年下に見えるくらいだわねえ、って」

「………」

言葉が出ないでいる僕の顔を、かれんが、下からのぞき込んでくる。

「あ。もしかして、それ、嬉《うれ》しい顔ー？」

僕は、思わず笑ってしまった。

「……うん。すっげー嬉しい顔」

「よかったー」

かれんは、にっこりした。

「私も、そう言われたとき、すごーく嬉しかったの」

どうやったら、こんな幸せそうな笑い方ができるんだろう。おまけに、かれんの幸せな顔には、見る者まで幸せな気分にさせてしまう不思議な力があるのだ。

彼女のたったひとことがきっかけで、再び立ち上がるだけの気力がわいてきてしまうなんて、俺もつくづく単純にできてるよなあ、と苦笑がもれる。

「海、いつ行くー？」

と、かれんが言った。

「えっ。じゃ、ＯＫなのか？」

「もちろんよー。だって、初めてのデートだもんね」

「はあ？」

　ガックリきて、僕は言った。

「初めてのは、もうしたろ？　お前が行きたいっつうから、こないだ二人で俺の学校行ったばっかりじゃないか」

「あ。あれ、そっか、デートだったのかぁ」

「ったく、張り合いのねえやつ」

「えーん、ごめーん」

　僕らは、くすくす笑いあった。

　丈の部屋からは、今度は何かハードロック・バンドのアルバムが聞こえている。あのやろ、ああいうの聴きながらよく宿題できるな、と思う。僕にはとうてい真似《まね》できない。一度に一つのことしかできないタイプなのだ。一度に一人のひとしか好きになれないし。

　ちらりとキッチンをうかがう。佐恵子おばさんは、やっぱりむこうを向いて、今度は天ぷらの大鍋《おおなべ》とにらめっこだ。

「約束、楽しみにしてろな」

　と、僕はかれんに耳打ちした。

「約束？　なあに？」

「それも忘れちまったのかよ」

僕は彼女のおでこを、テン、と小突《こづ》いた。

「お前がこのごろ好きになっちゃったっていうアレさ。百万回でもしてやるって言っただろ？」

かれんがみるみる真っ赤になった。

「……やだもーっ」

こぶしでポカポカ僕のひざをたたいて、両手で頰をおさえる。

僕は笑って、最後にもう一度佐恵子おばさんの背中を確かめると、素早くかれんの唇《くちびる》にとりあえずの一回目をしてやった。

「海、明日行こ、明日」

WITHOUT YOU

1

がらんとした夜中の食堂には常夜灯《じょうやとう》だけがついている。青白い光が、並んだ長テーブルや椅子《いす》を照らしだす。

僕は、薄明かりに目をこらした。すみの暗がりで公衆電話がぼんやり光って、まるで小さなケモノがうずくまっているように見える。

足音を忍ばせて電話までたどりつき、受話器を取ってテレカを入れる。カードがのみ込まれていく音が、ジィーコッ！　と食堂じゅうに響きわたってギクッとした。

真夜中を少し回っている。夏だというのに高原の夜は肌寒くて、僕はTシャツと短パンだけで起き出してきたことをちょっと後悔した。同室の連中はみんな昼間の練習の疲れで正体もなく眠りこけていたから、僕はそいつらの頭や汚い毛ずねをそうっとまたいで抜け出してきたのだった。いくつもの和室が向かい合わせに並んだ廊下の、ここは一番つき当たりにある。

高校生だった去年までの夏合宿のように見まわりの先生がいるわけでもないし、寝ろ寝ろとうるさく言われるわけでもないが、それでも先輩がトイレに起きてきたりしてこんなところを見られたら何を言われるかわからない。どやされるだけならまだしも、誰《だれ》に電話してたんだ、なんて詮索《せんさく》されるのはまっぴらだ。

プッシュボタンを押す。こんな時に限って最後の番号を押し間違えてしまう。チッと舌打ちをし、吐《は》き出《だ》し口からテレカが出てくると同時にひったくるように取ったのに、高い音がピピーッピピピーッピピーッと鳴り響く。合宿所の全員が飛び起きるくらいの音量に思えて、僕は思わず電話におおいかぶさって抱きかかえたくなった。

ドキドキしながらあたりをうかがう。

……誰も起きてくる気配はない。窓の外でおびただしい虫たちが鳴いているのが聞こえるだけだ。

もう一度、こんどは一つ一つ確かめながら押していく。

一回目の呼び出し音が、最後まで鳴りきらずにとぎれた。受話器の向こうに、一瞬、息詰まるような沈黙が広がる。

『……もしもし？』

おずおずと、彼女は言った。

「……俺」

と、僕はささやいた。

『わあ、ショーリ』

かれんの声が、はっきりそれとわかるほどに嬉《うれ》しそうになるのを聞いて、僕は安堵《あんど》のあまり全身でふーっとため息をついた。おふくろが死んでからは、「勝利《かつとし》」という僕の名前を「ショーリ」と呼ぶのはかれんだけだ。おふくろのとはまた少し違った、まるで歌うようなすてきな発音で、彼女はそれを口にする。

「今、そばに誰かいるのか？」

『ううん、誰も。私の部屋だもの。子機をね、毎晩持って上がってきて待ってたの』

――マッテタノ。

つき上げてくる喜びを奥歯でかみしめる。四日前の朝早く家を出てくる時、寝ぼけまなこのかれんがあんまり淋《さみ》しそうな顔で見送るものだから、僕は佐恵子おばさんの見ていない隙《すき》に急いで耳打ちしたのだった。なんとか時間を見つけて電話するから、夜は電話を抱いて待っててくれよ、と。

学校のある間や、どこかへ出かける時ならともかく、まったくの休日にかれんが早起きすることなんかめったになかったから、佐恵子おばさんはしきりに不思議がっていた。だからこそ僕は、わざわざこんな時間を選んで電話をしているわけだ。ほかの時間帯にかけて佐恵子おばさんに出られても特に用事があるわけじゃないし、用事もないのにかれんに替わってもらったりしたらますます変に思われる。僕らがお互いにどういう気持ちでいるかなんてこと、今はまだ知られるわけにいかないのだ。

かれんはいま二十四歳。僕の通っていた高校の美術教師を始めてから、そろそろ一年半がたとうとしている。

いっぽう僕はといえば、大学に入ってまだ半年たらずだ。僕らの間の歳《とし》の差は五つ、どうあがいたってこればかりは縮まらない。

こんな僕なんかが今おじさんたちに何を言ったって、許してもらえっこない。それどころか、一時の気の迷いだとか若い時にはよくあることだとか言われて、まともに取り合ってもらえないのがおちだろう。

せめて、僕が大学を出て仕事を見つけたなら……。しかしそれまでにはあと三年以上もある。その時まで二人の気持ちを無事に隠しおおせられるものかどうか、いやそれより前に自分の我慢がどこまで続くものか、僕には自信が持てなかった。

とにかく今は、一日も早く佐恵子おばさんがイギリスへ戻ってくれることを祈るしかない。そうすればとりあえずは、かれんと僕の仲を知っている丈を入れて三人だけの、それなりに平和な日々が返ってくるはずなのだから……。

『ショーリ、ねえ、元気にしてる？』

電話の向こうで、かれんが言った。

隣の部屋で寝ている佐恵子おばさんを気遣《きづか》ってか、声がとても小さい。それでなくても遠くに離れているのに、なんだかよけいに遠く感じてしまう。

「ああ。お前は？」

『んー、元気よ。毎日暑くてまいっちゃうのは、あいかわらずだけど』

あいかわらずなのは、お前のそのしゃべり方だろ。そう思いながら、僕は思わず微笑《ほほえ》んだ。いまどきめずらしいくらいオットリしたかれんの口調が、疲れた体を包みこんでくれるように感じる。まるで、柔らかい毛布みたいだ。

『ショーリのほうはどこからかけてるの？』

「食堂のすみ。ここまで来るのに抜き足さし足でさ。スパイか泥棒の気分だよ」

かれんは笑った。

『泥棒は、電話なんかかけないと思うけどー』

「細かいこと言うなよ」

『こんな時間にかけてて、大丈夫？』

「大丈夫さ。見つからなければ」

『それって、あんまり大丈夫じゃないってことじゃないの？』

「まあ、そうとも言うかな」

『じゃあ、もう切ろっか』

「お前……いつからそんなに意地悪になったんだ？」

かれんはまたクスクスと笑った。

『練習、きつくなぁい？』

「きついさ。きつくなかったら、合宿なんかする意味ないだろ？」

『それは、そうだけど』

かれんは少し心配そうな声になった。

『無理しすぎて、ケガとか病気なんかしないでね。だって……』

「ん？」

『帰ってきたら、一緒に鴨川《かもがわ》へ行くって約束したでしょう？』

僕は、受話器をぎゅっと握りしめた。

「心配すんなって。たとえ首の骨が折れてたって一緒に行くよ」

『やだ……よけいに心配になっちゃうようなこと言わないでー』

「ごめんごめん、大丈夫だってば。水着でも選んで、楽しみに待ってな」

かれんはうふふと笑った。

『ショーリってば、いつも私のこと運痴《うんち》、運痴ってばかにするけど、泳ぐのだけは小学校の頃《ころ》からクラスで一番だったのよ。知らなかったでしょう』

得意そうに胸を張っているかれんが見えるようだ。

「クラスで一番はいいけどさ」と僕は言った。「だからって水着まで紺《こん》のスクール水着だったりしたら、怒るぞ俺は」

『もう。それしか頭にないんだからー』

あきれたようにため息をつきながらも笑ったかれんの声が、ふいに近くに聞こえた。まるで本当に耳のそばで彼女が笑っているみたいで、僕は受話器をこわして中から彼女をひっぱり出したくなった。

この四日間、かれんの声を聞きたくて聞きたくて聞きたくて聞きたくて、それでも電話をかける機会がどうしても見つけられなくて悶々《もんもん》としていたというのに、いざこうして声を聞いてしまうと、満足するどころか会いたさが百倍にも募《つの》ってしまう。

俺ガイナイト、チョットハ淋シイカ？

そう訊《き》きたいところを、口にした言葉は結局こうだった。

「お前、ちゃんと腹巻きして寝てるか？」

受話器の向こうでかれんがぶー、とむくれるのがわかった。

『ショーリこそ。まちがえて、隣で寝てる人に抱きついたりしちゃだめよ』

「まちがえてって？　誰とまちがえて抱きつくんだよ？」

『そ……それは、し、知らないけど』

自分で言っておいて恥ずかしくなったらしく、彼女はもごもごと口ごもった。

ああ、ちきしょう。なんで今そばにいられないんだろう。そばにいたら力いっぱい抱きしめて、息もできなくさせてやれるのに。

でも、考えたって仕方がない。目の前にあることから一つずつこなしていかない限り、三年後どころか、数日後の鴨川行きだって現実になってはくれないのだ。

「しあさっての夕方には帰れるからさ」

と、僕は言った。

「それと……かれん」

『なあに？』

「…………」

『もしもし？』

「あ、えーと、何だったたっけな。ど忘れしちゃったよ」

僕は、ははは、とむなしく笑ってみせた。

「ごめん。また思い出したら言うワ。……じゃあ俺、そろそろ行かないと」

『ん。体に気をつけてね』

「サンキュ。おやすみ」

『おやすみなさい』

やっとの思いで、受話器を耳から離した。たったこれだけしか話していないのに、テレカの残り度数はもうほとんど0に近い。

受話器をフックにかけ、またしてもけたたましく鳴る吐き出し口からカードを取って、足音をたてないようにスリッパを引きずりながらそろりそろりと戻りはじめる。食堂を満たす沈黙が、前以上に重く背中にのしかかってきた。

いいいいいい、思い出したら言うワ、じゃねぇだろう、と舌打ちする。

——好きだよ。

そんな短いひとことさえうまく口に出せない自分が歯がゆくて、体じゅうをバリバリかきむしりたくなる。

〈女ってのはさ、男からの言葉を待ってるもんなんだよ〉

以前そう言ったのは、丈のヤツだ。

〈勝利ってば、ちゃんと口に出して姉貴に言ってやってる？　言葉にしなくても想《おも》ってれば通じるなんて、そんなの幻想だぜ。テレパシーでも使えるなら別だけどさ〉

ジュースの自動販売機の前を通り過ぎながら、僕は自分で自分の頭をボカッと殴《なぐ》ってやった。中坊ごときに説教タレられて情《なさ》けないとは思わないのか、え？　しっかりしろよ勝利。

胸のうちでぶつぶつ言いながら食堂を出たときだ。

あやうく誰かにぶつかりそうになった。

「きゃっ」

あわてて飛びのき、立ちすくんだ相手は、薄明かりを透《す》かし見るようにこっちをうかがってつぶやいた。

「やだ、和泉《いずみ》くんじゃない。びっくりさせないでよ。何してるの、こんなとこで」

星野りつ子だった。僕がさりげなくポケットに隠そうとしたテレカに目ざとく気づいて、

彼女は言った。

「こんな遅くに、電話？」

「いや、その……星野こそどうしたんだ？」

「のどが渇いて眠れないの。ほら、夕食のお煮《に》つけがしょっぱかったでしょ」

よく見ると、星野りつ子は手に小さな財布を持っていた。販売機でジュースでも買うつ

もりなのだろう。紅一点《こういってん》の彼女は管理人さん夫婦の隣の部屋を一人で使っているから、真夜中に起きて着替えるにも誰にも気を遣わなくていいわけで、今も白っぽい長袖《ながそで》のトレーナーにジャージをはいている。賢明な選択だなと思いながら、僕はぶるっと肌寒さをこらえた。

「ねえ、誰にかけてたの？」

暗がりでもそれとわかるほど好奇心まるだしの顔をして、小柄《こがら》な星野は下から僕を見上げてきた。リスみたいにくりくりした目が、常夜灯の光を受けて光っている。

仕方なく、僕は言った。

「急な用事で、友だちんとこにさ」

「ふうん。こんな時間に？」

「この時間でないと帰ってないんだよ」

我ながらもうちょっとマシな嘘《うそ》はつけないものかと思うが、しかし何だって星野相手に冷や汗かいて言《い》い訳《わけ》なんかしなきゃならないんだろう？　僕がいつ誰に電話しようが、彼女には何の関係もないはずなのに。

「じゃあ、どうしてテレカを隠したの？　なんかアヤシイな」

ゆっくりと腕組みをして、星野は言った。

「それは……原田先輩とかの耳に入ったら、またいろいろ言われそうだと思っただけさ」

「私が先輩に言いつけるとでも？」

「言いつけるつもりがなくたって、ポロッと口がすべるってことはあるだろ」

「なーるほどね。そんなに口の軽い女だと思ってるわけ」

「そ、そうじゃなくてだな……」

そのときだ。星野がハッとして僕をおしとどめ、小声でシーッ！と言った。

どこか廊下の向こうのほうで、ふすまがスー……パタッと閉まる音が聞こえ、続いて廊下をきしませる足音が近づいてきた。

（げ、まずい）

こんな時間に星野と二人でいるところを見つかったら、今度こそ何を言われるかわからない。それでなくとも原田先輩などは、星野りつ子が僕のことを好きだなんて思い込んでいて、僕らをくっつけようとあれこれ小細工ばかりしてくれるのだ。へたをすると、男なら責任を取れとかなんとか、ムチャクチャなことを言われかねない。

考えただけでもそら怖《おそ》ろしくなってきた僕は、とっさに星野の腕をつかみ、食堂の中へとって返した。

起きてきたのが誰かはわからないが、トイレに行くのかもしれないし、星野みたいにジュースを買いにくるのかもしれないし、あるいは僕みたいに内緒で電話をかけにくるのかもしれない。そのどれであっても見つからないためにはどこへ……？　と、あたりを見まわした時、いきなり星野のほうが逆に僕の腕をつかんで、厨房《ちゅうぼう》の出入口のそばにあった大きなステンレスの配膳台《はいぜんだい》の陰へひっぱり込んだ。

銃撃をさけるボニーとクライドみたいに、背中を配膳台に押しつけてしゃがみ込み、様子をうかがう。

起きてきた誰かは、食堂の入口のすぐ向かいにあるトイレで用を足《た》して（長いションベンの音がかすかに聞こえてきた）、どうやら手も洗わずに出てくると、自動販売機でガタゴトンと何か一本買ってひといきに飲みほし、最後に空き缶をカシャンとゴミ箱にほうり込んで出ていった。

息を殺してじっと耳をすませているうち、やがてまたどこか廊下の奥のほうで、ふすまが開き、再び閉まる音が聞こえた。

たっぷり五秒ほどしてから、ほーっと隣で星野が息をついた。

なにげなくそっちをふり向いて、ギョッとした。目の前に星野の顔があったのだ。僕らの肩はいつのまにか触れあっていて、星野の鼻と僕の鼻とはほんの二十センチも離れていなかった。

こんなに近くに寄るのが初めてというわけじゃない。今までにも練習中にすっころんで顔だの肩だのにすり傷を作った時なんかは、これくらい近くに寄って手当てしてもらうことだって何度もあったのだが、いつの場合も真っ昼間で明るかったし、あたりには人がいたし、星野は傷の手当てに忙しかった。ところが今は真夜中で、みんな寝静まり、おまけに星野は僕の目をまっすぐ見つめたままぴくりとも動かない。

時間が止まってしまったようだった。夢の中にいるみたいだ。

あるいはこれは本当に夢で、ふとんを抜け出したのも、かれんに電話をかけたのもぜんぶ夢で、実際の自分はいま部屋で寝てるんじゃないだろうか……そんな気がしはじめた頃。

星野がスッと目を閉じてうつむき、額《ひたい》を僕の肩にことんとのせた。

それきり、じっとしている。

(お……おいおいおいおい)

僕は、ごくりとつばを飲み込んだ。

（何を考えてるんだこいつは）

まさか……。

まさか、原田先輩の読みは、当たっていたというのだろうか？

〈そういう誤解は、彼女に迷惑ですよ！〉

僕が原田先輩に向かって口を酸《す》っぱくしてそう言うたびに、星野はケロリとして、

〈あら、私は大歓迎よ〉

などと言っていた……あれは、冗談なんかじゃなかったってのか？　ほんとに彼女は、僕のことが好きだというのだろうか？

しかし、あえてうぬぼれてそう考えようとするなら、思い当たることもないではない。

〈和泉くん、あのひとのこと、好きなんでしょ〉

と僕を問いつめた時の星野の表情や、マスターが彼女について僕に言った、

〈お前、ほんとに何も感じとらんのか〉

という言葉や……。

頭の中はパニック状態で真っ白になっていたけれど、それでも警報だけはガンガン鳴り響いていた。

星野りつ子が一時の気の迷いでこんな行動に出たのでない限り、二人でこうしてる時間が一秒でも長くなればそのぶんだけ、事態はどんどんややこしくなりそうな気がする。とりあえずは、早く離れなければいけない。

でも……彼女を傷つけないように離れるには、どうしたらいいんだろう？　さっさと立ち上がってしまっていいものかどうか、あと一歩の決心がつかなかった。いくらデリカシーのない僕だって、恋がどういうものかってことくらいはわかる。もし星野が本気なのだとしたら、今どれほどの勇気をふりしぼってこうしているかもよくわかる。女の子なら、なおさらだ。

その時ふっと、かれんとの二度目のキスのことが頭に浮かんだ。いや、正しくは二度目のキス「未遂《みすい》」のことがと言うべきだが……たった二杯のワインで酔っぱらっていたあの時のかれんは、自分のほうからキスを誘うように目を閉じたくせに、そのままスヤスヤ眠ってしまったのだった。

僕は心を決めると、手を伸ばして、いきなりペシペシと星野のほっぺたをたたいた。

「おい、こんなとこで寝るなよ。風邪《かぜ》ひくぞ」

びっくりしたように（実際びっくりしたんだろう）顔をあげた星野りつ子は、目をみはって、本気か冗談かを確かめるように僕の表情をさぐった。

「お前、よっぽど疲れてるんじゃないか？」

「え？」

「いま一瞬寝たの、覚えてない？」

「あ……。えっと、ごめんね」

星野は、あいまいに微笑んで言った。

「ちょっと、その……うとうとしちゃったみたい」

「早く戻って寝ろよ」

できるかぎりのポーカーフェイスを決め込んで立ち上がりながら、僕は言った。

「俺は先に戻るわ。明日の朝起きられないと困るしさ」

ケツのほこりを両手で払って、星野を見おろす。

「じゃ、な。おやすみ」

星野はしゃがんだまま僕を見上げて、小さい声で答えた。

「……おやすみなさい」

でも、そう言った彼女はもう、少しも微笑んではいないようだった。

本来ならば、かれんとの鴨川行きはとっくの昔に果たせているはずだった。海に行こう、と彼女と約束したのが十日ほど前……つまり、この合宿が始まる前の週のことだ。ほんとだったら今頃は、二人だけの日帰り旅行の余韻《よいん》に思う存分ひたっていられたはずなのだ。

2

それが、お流れになったまま今に至《いた》ってしまったのにはワケがある。きっかけは、花村家の真向かいの家のおじいさんが突然亡《な》くなったことだった。

五年ほど前から息子夫婦や孫と一緒に暮らしはじめたそのおじいさんは、八十近くなってもまだまだ元気で、毎日、駅前商店街のはずれにある小さなタバコ屋の店番をしていた。この駅を通る電車がまだ単線だった時代に、今は亡きおばあさんと二人で始めた店だそうで、五年前まではそこの二階に一人で住んでいたのだ。雨が降ろうが槍《やり》が降ろうが盆と正月以外は決して休まない上に、店のシャッターを開ける音と閉める音は時報より正確だなんて言われて、町内の誰もが知っているようなおじいさんだった。

家は向かいだし、タバコ屋は僕らの行きつけの喫茶店『風見鶏《かざみどり》』のすぐそばにあったしで、僕も丈も通りすがりにおじいさんと目が合えば必ず挨拶《あいさつ》くらいはしていた。かれんに至っては仲がよかったと言ってもいいほどだった。

いつだったかおじいさんはかれんに向かって、

「あんたは、死んだばあさんの若い頃によう似とる」

と懐かしそうに話したそうだ。タバコ屋の奥にある小さい和室の鴨居《かもい》にはおばあさんの古い写真が額に入って飾られていて、

「ぜんぜん似てないけど、優しそうなおばあさんだったわ」

と、かれんは笑っていた。

おじいさんが亡くなったのは、僕とかれんが海へ行く約束をしたその晩だった。佐恵子おばさんの作ってくれた天ぷらを食べ終わってテレビを見ていたとき、お隣の山口さんの奥さんが知らせにきたのだ。

心筋梗塞《しんきんこうそく》ですってよ、と、山口さんの奥さんは声をひそめて言った。

いつもの時間になってもお店から帰ってこないので家の人が心配して迎えに行ってみたら、奥の部屋で倒れていたのだそうだ。救急車が来た時にはもう手遅れだった。

知らせを聞いたかれんは、絶句したかと思うと、いきなりぼろぼろ泣きだした。佐恵子おばさんが戸惑《とまど》うくらいたくさん泣いた。

僕には、そんなかれんを黙って見守る以外にどうすることもできなかった。佐恵子おばさんが見てさえいなければ、抱きしめて慰《なぐさ》めてやることだってできるのにと思うと、胸が苦しくてたまらなかった。

かれんがそんなに泣くわけが、僕にはわかっていた。仲の良かったおじいさんが亡くなったのが悲しいのはもちろんだけれど、それとは別に、彼女にはもうひとつの理由があるのだ。

かれんには、おばあちゃんがいる。花村家のではなくて、血のつながった本当のおばあちゃんだ。

小さかったかれんは何も疑うことなく花村家の娘として大きくなり、やがて大学のサークルのボランティア活動で鴨川の老人ホームを訪れた。そこで偶然、実のおばあちゃんに出会ったのだった。なぜそれがわかったかといえば、すっかりぼけてしまったおばあちゃんが彼女のことを自分の娘と間違えて、〈セツコ〉と呼んだからだ。亡くなった母親のその名前だけは、幼かったかれんの脳裏《のうり》にもくっきりと焼きついていたのだった。

かれんが、幼いころ自分と引き離されて親戚《しんせき》に引き取られた兄の存在を知ったのも、この老人ホームでだった。当時、兄妹《きょうだい》二人をまとめて引き取れるほど余裕のある親戚はいなくて、それで花村のおじさんが、まだまだ小さくて手のかかるかれんのほうを引き受けたというわけだ。『風見鶏』のヒゲのマスターこそがその兄だと知った時、彼女はどれほど驚いたことだろう。マスターは妹を見守りたくて、喫茶店を開くのにこの町を選んでいたのだった。

弟の丈は、かれんが実の姉でないことも、彼女自身がそれを知ってるということにも、とうの昔に気づいている。それでも、マスターがかれんの兄貴だということまでは、花村のおじさんたち同様知らないし、彼女が鴨川へ行くのは陶芸用の土を採《と》りにいっているだけだと思っている。要するに、かれんの口から、血のつながった家族にまつわる秘密をすべて明かされているのは、この世でただ一人、僕だけなのだ。

向かいの家のおじいさんを思って泣きながら、それと同時にかれんの頭に浮かんでいたのはきっと、鴨川のおばあちゃんの顔に違いなかった。おばあちゃんにだって、いつかはこういうことが起こるのだ。起こってほしくないし、めったなことは言いたくないけれど、もういつ何が起きてもおかしくないくらいの歳《とし》ではある。

かれんが本当はおばあちゃんを引き取りたいと思っていることも、僕は知っていた。かれんの口から聞いたわけじゃない。でも、きっとそうだという確信はあった。

マスターが、海の見えるあの介護《かいご》の行き届いた老人ホームでおばあちゃんを預かってもらっているのは仕方のないことだし、考えられるかぎり最善の道だ。マスターは毎日店へ出なければならないのだし、一人暮らしの男が、自分では何もできないお年寄りの食事や下《しも》の世話まで面倒みるなんて無理にきまっている。

でも、かれんはきっとつらいのだ。見舞いに行って、おばあちゃんがあのしわしわの顔を笑みにくずしながら、

「ねえセツコやあ、あたしはやっぱりお前たちと一緒がいいよ」

と言うたびに、かれんは黙って微笑みを返しながらも、見ていてヒリヒリするくらい悲しそうな目をした。

もちろん、今の状態では引き取るなんてことは不可能だ。それをしようと思えば、かれんは、これまで育ててくれた花村の両親に、自分のしていることや知っていることを全部話さなければならなくなる。鴨川へ通って内緒で誰に会っているかということも、マスターとの関係も。花村のおじさんや佐恵子おばさんが傷つくのを何よりも怖《おそ》れている彼女に、

そんなことができるはずはないのだった。

とにかく——。

かれんは向かいの家に、お通夜《つや》と葬式の手伝いを申し出た。海へ行く約束だったじゃないか、なんて文句は、彼女の気持ちを考えればとても言えなかったし、そばにいる以上は僕も何かしなければいけないような気になって、力仕事や雑用を少しずつ手伝わせてもらい……。

やがておじいさんは、小さな白い箱におさめられて家に戻ってきた。数十年も続いたあのタバコ屋は、どうやらたたまれるしかないようだった。

葬式の翌日は高校の登校日で、もちろんかれんも出勤しなければならなかった。

その翌日は、七月の末以来の雨が降った。大雨だった。

さらに翌日は、佐恵子おばさんがどうしてもと言って、かれんを買い物だかお芝居だかに連れ出すことを強引《ごういん》に決めてしまい、そして……その次の日はもう、僕の合宿第一日目だった。

まったく、いつもながらツイてない。早く行かないと、海がますますクラゲだらけになってしまう。一度も海で泳がない夏なんて、夏とは言えないじゃないか。

佐恵子おばさんがこっちに戻ってからの一か月というもの、ずっと我慢して、我慢して、これでやっと二人きりになれると思ったのに……。

神様なんていないとまで言いきるつもりはないけれど、いるとしたらきっと、ひどいサディストに違いない。

いくら信州の高原とはいっても、昼間の炎天下は暑い。こんなに暑いのは、標高が高いぶんだけ太陽に近いからじゃないかと疑いたくなってしまう。

朝六時に起床、寝ぼけまなこでウォーミングアップをして七時までランニング、七時半までに僕ら一年坊主は朝飯の配膳をして、みんなで食って、また僕らが片づけて、八時半から練習開始。

太陽が高く昇っていくとともに、自分の影が足もとで短く、濃くなる。むき出しの肩や首はジリジリこげつき、額から流れつたわってくる汗があごの先からぼたぼた落ちて、ほこりっぽい地面の上で水銀のしずくのように丸くなる。乾いた唇《くちびる》がひりついて痛み、口の中は砂でジャリジャリする。一杯の水のためなら人殺しでもできそうな気がしはじめる頃、やっとのことで二時間に一度の休憩になる。

休憩時間は十五分。でも、ここでも僕ら一年はマネージャーの星野と一緒になって、先輩たち全員にスポーツドリンクや水を配ってまわったあとでなければ、自分のぶんにありつけない。配り終わってからようやく日陰に腰をおろした頃には、休憩時間は半分過ぎていて、汗が引く間もなく再び練習が開始される。

先輩たちだって同じ経験をのりこえてここまできたのだとわかっていても、やっぱり恨《うら》めしいことに変わりはなかった。俺が上級生になったら仲間のみんなに、水くらい自分でくんで飲めと言ってやるぞ、と思ってみる。真夏の練習のきつさに先輩も後輩もあるもんか。

とはいえ、かれんに電話をかけて以来、僕は自分でも笑ってしまうほどの現金さで頑張りがきくようになっていた。

かれんとそういう仲（なんていばれるほどのことはしてないが）になってから、こんなに長いあいだ離ればなれでいるのは初めてだった。でも、離れてみるとなおさらよくわかる。自分がどれほど彼女にまいってるかってことが。

もうすぐだ、もうすぐかれんに会える。そう思うだけで、ほとんどのことはどうってことないという気分になれた。炎天下に水が飲めなくたって、先輩たちが無茶ばかり言ったって、合宿所の飯《めし》が信じられないほどまずくたって、いいじゃないかもうじきかれんに会えるんだから、てな具合だ。

そうして、とうとう合宿の最終日がやってきた。どんなにつらいことでも、永遠には続かない。いつかはちゃんと終わりが来るものなのだ。

夕陽《ゆうひ》がかたむいて最後の練習の片づけが終わると、先輩の風呂《ふろ》の準備と夕食の配膳のために走り出そうとした僕ら一年を、後ろから先輩たちが呼び止めた。なんと今日だけは、僕らが一番風呂を許され、三年が配膳までしてくれるという。一週間ごくろうさん、という意味での毎年の恒例なんだそうだ。なかなかイキな計《はか》らいではある。

一年から順番に風呂に入り、全員が汗と泥を落としてさっぱりしたところで晩飯になった。いつもより少しばかり豪勢な料理と、ここ一週間見たこともなかったビールや酒が、食堂ではなくて畳の大部屋の長テーブルにずらりと並べられている。

主将のコトバに続いて、昨日《きのう》から来ていた部長先生が音頭《おんど》をとっての乾杯が終わると同時に、そのまま打ち上げコンパになだれ込んだ。それこそ先輩も後輩もない、無礼講《ぶれいこう》というやつだ。

僕ら一年はまだ未成年なんだし、本来なら酒なんか飲んではいけないはずなのだが、誰もそんなことを思いやってはくれなかった。むしろ集中的にガンガン飲まされたと言っていい。

「飲めないものを無理して飲むな、飲ませるな。イッキだけは絶対にするな」

部長先生は一応そう言ってくれたが、たがのはずれた先輩たちの勢《い》いの前にはほとんどタテマエていどの力しかなかった。

さらに悪いことには、僕はよりによって原田先輩にとっつかまってしまったのだ。逃げようとしたときには、横に座られて首っ玉を抱きかかえられたあとだった。

「俺の注《つ》いだ酒が飲めんっちゅうのか、くるぁ」

すでにだいぶできあがっているネアンデルタール原田は、僕の首に毛むくじゃらの腕を暑苦しく巻きつけて、くりかえしグラスにどぼどぼビールを注いでは、僕が仕方なくそれを飲み下すのをじーっと横で見届けた。

「くぉーら和泉ぃ。そんなイヤそうなツラで酒を飲むやつがどこにいる」

どぼどぼどぼ。

「せっかくこの俺がじきじきに酌《しゃく》をしてやってるんだ、もっと美味《うま》そうに飲んでみろ、ええ？」

「せっかくって、べつに頼んだわけじゃ……」

「ぬぁにぃ？」

「い、いえ……何でもないっス」

「よーしよし。そら飲め」

どぼどぼどぼ。

「そぉーだとも、やればできるじゃないか和泉ぃ」

「せ、先輩、もう……」

「ぬぁにぃ？」

「いえ……何でもないっス」

「よーしよし。そら飲め」

どぼどぼどぼ。

台形のばかでかい顔が、おとといの晩の星野りつ子の顔よりもさらに近くにあって、正直言って僕はアルコールのせいばかりではなく気分が悪くなってしまった。これでも根はけっこういい先輩だし、僕だって決して嫌いというわけではないのだが、こういう目にあわせられるとさすがに考え直したくなる。

「ところで、和泉」

原田先輩は、すっかりすわってしまった目を僕に向けた。ゴリラがヤクをやってラリってるって感じだな、とひそかに思ってみる。

「その後、星野とはどうなってるんだ？」

「その後って、いったいどの後ですか」

僕は思いきり大げさにため息をついてみせた。

「星野とは何でもないんですってば。先輩もほんとにしつこいなあ」

「お前がそう思ってたって、あっちはそうじゃないんだぞ」

「そ、そう言われても……」

今までは何をバカなと軽く聞き流せたことが、急にリアルなこととして迫《せま》ってきて、思わず口ごもる。

ちらっと部屋の反対のすみを見やった。星野りつ子は、いつかビデオ屋で会った時と同じ赤と白のボーダーのTシャツを着て部長先生の隣に座り、神妙な顔で相づちをうっていた。どんなに話が退屈でも、浮かれ騒ぐ野獣どもから身を守るにはあのポジションが一番だと見抜いたのだろう。

原田先輩は僕の視線をたどって星野に行きつくと、僕の首をさらにグイッと引き寄せてささやいた。

「無視してばかりで、星野がかわいそうだとは思わんのか」

「いや、でも、別に何を言われたわけでもないんだし」

「言われるまで待とうってのか？　このいくじなしめが」

「…………」

言われるのを待ってるわけじゃなくて、言われないように避けてるんだけどな、と僕は思った。

おとといの晩からこっち、星野はなんとなく何かを言いたそうにしていた。意識しすぎなのかもしれないが、とにかくそんな気がした。そういうのはけっこう雰囲気とか目つきとかでわかるものなのだ。だから僕は、何かの拍子《ひょうし》に星野と二人きりになってしまいそうになると、さりげなく誰かを呼び止めたり、用事を思い出したふりで自分からその場を離れたりした。僕がわざとそうしていることに星野が気づいているかどうかはわからなかったけれど。

「それにしても先輩、なんだってそんなに星野の世話をやきたがるんです？」と僕は言った。「星野に頼まれたってわけでもないんでしょーが」

「あたりまえだ。あいつがそんなしおらしいタマか」

「じゃあどうして。俺と彼女がくっつこうがくっつくまいが、先輩には関係ないじゃないスか」

「しかしなあ」と、ネアンデルタールは口ごもった。「しかし、あいつをマネージャーに引き入れた責任の一端は俺にもあるしなぁ。ほっとくわけにもいかんのだわ」

「ぜんぜん説明になってませんけど」

「あああああもう、うるせえっ」と叫んで、先輩は僕の首を絞《し》めつけた。「いいじゃないかそんなこたぁ。飲め」

手近なところにビールがなくなると、原田先輩は僕の手からグラスをひったくり、こんどは杯《さかずき》を持たせて日本酒を注ぎはじめた。杯でまどろっこしくなると、ほかの一年に湯呑《ゆの》みを持ってこさせた。

しかし、正直言って僕はあまりアルコールに強いほうじゃない。かれんみたいにワイン二杯で服を脱ぎ出すほどではないにしろ、こんなふうに次から次へとちゃんぽんで飲まされたのではたまらない。逃げるに限る。

ちょうどそこへ原田先輩に酌をしにきたバカがいたので自分の後に座らせ（つまり身代わりとしてあてがい）、這《は》うようにそこから逃げ出すと、僕はふすまを開けて廊下へ転り出た。つたい歩きを始めたばかりの赤ん坊のように柱や壁につかまって立ち上がる。どこかから涼しい風が吹き込んできてほてった顔を冷やした。

なんとか足を交互に前に出して、ふらふらしながら風がくるほうへ向かう。

行きついたのは、網戸越しに庭が見える場所だった。すみっこに置かれた、昔なつかしいブタの形の陶器から、蚊取《かと》り線香《せんこう》の細い煙がたちのぼっている。

網戸をガラリと開けて濡《ぬ》れ縁《えん》へ出ると、僕は後ろ手にまた網戸を閉めて、踏み石の上にそろえてあった下駄《げた》をはいた。すぐそこの水道までえらく苦労してたどりつく。蛇口《じゃぐち》を上にむけて水をごくごく飲んだ。

あれだけ酒を飲まされても吐《は》きたくはならないところをみると、訓練すればけっこう強くなれるのかもしれないが、酒そのものがべつに美味いものだとは思えないので、積極的に強くなりたいわけでもなかった。なんだってサラリーマンとかがあんなに酒ばかり飲みたがるのか、よくわからない。

頭がぐらんぐらんする。世界が回っている。遊園地のコーヒーカップに半日続けて乗せられたみたいだ。

よろめきながら濡れ縁のところに戻り、倒れ込むように腰かけた。足をふって下駄を脱ぎ捨て、そのままずるずると横になる。ごつごつした板が少し背中に痛いけれど、夜風が冷たくて気持ちいい。

顔の真上では、天の川がまるで砂を流したようにびっしりと空をおおっている。なるほど、たしかに〈ミルキー・ウェイ〉だ。あまりの星の多さに、乳白色の霧がけぶっているように見える。

明日か……と、目をつぶって僕は思った。明日になったら、かれんに会える。

かれんはどんな顔をするだろう。あんまりせつなそうな顔なんかして、佐恵子おばさんに気づかれやしないだろうか。

でも、もしもうまい具合におばさんや丈が出かけていたら、ふつうの恋人同士が久しぶりに再会した時にそうするように、思いきり抱きしめることができるかもしれない。キスだってできるかもしれない……。

それでなくても酒のせいで脈が速いのに、かれんの白いうなじや、しっとりとした唇の感触や、抱きしめた時に僕との間でぎゅっとつぶれる胸の弾力なんかを思うともう、今にも血管が破れてしまいそうになる。これじゃ体によくないなと思い直して、僕はもう少しおだやかなものを思い浮かべようとした。

肩の上で波打つ柔らかな髪。ほっそりとした肩。片手でへし折ることのできそうなほどきゃしゃな首。うるんだような茶色い瞳《ひとみ》と、笑った時にほっぺたにできる小さなえくぼ、そして、あたたかで音楽的なアルト。

彼女の声や話し方を思い浮かべていると、幕が下りるように眠気が忍び寄ってきた。とても気持ちがいい。このままここで寝てしまいたい。少し眠れば酔いもさめるだろうし、このくらいで風邪なんかひきゃしないだろう。

(かれん……)

なんだか、すぐそばに彼女がいて僕に触れているような気がした。

現実と願望と夢とが混じりあって、区別がつかなくなってくる。スルスルと網戸の開く音が聞こえたような気もしたが、もう目を開けるだけの気力はなかった。すうっと眠りのなかへ引き込まれるのを感じる。背中から穴に落ちていくようだ。

僕が熱を出して寝込んでいたとき額にさわってくれたかれんの、ひんやりとした指の感じがよみがえる。それから彼女は、眠ったふりをしている僕の額にそっとキスをしてくれたのだった。あの花びらのような唇の柔らかさ……。

うとうとする。

夢の中のかれんは、実際の彼女よりずっと大胆《だいたん》だった。額ばかりか、僕の唇にまでキスをしてくれる。その感触が、何となくいつもとちょっと違うような気がするのは、やっぱり夢だからだろう。

遠のいていく意識の片隅に、庭の暗がりで鳴く虫の声と、奥の座敷で騒いでいるみんなの声とがかすかに忍び込んでくる。

最高に幸せな夢の中で、僕はかれんの首に腕をまわし、もっと引き寄せてキスを返しながら、彼女の名前をつぶやいた。

3

「あ……」

かすかな声をもらして、かれんが身をよじった。

こんどこそ、夢などではなくて、正真正銘《しようしんしようめい》ホンモノのかれんだ。

彼女はうっとりと僕にもたれかかり、のどをのけぞらせて吐息《といき》をついた。顔をのぞき込むと、目は閉じられ、眉《まゆ》はせつなげに寄せられ、唇は半びらきになっていてめちゃめちゃ色っぽい。

僕は黙ったまま、左手でかれんの首の後ろをぐっとつかんだ。右手を背中のほうへそっとすべらせ、少しずつ下のほうへと移動させていく。薄い布地を通しててのひらに伝わってくる彼女の肌の熱さを感じながら、ゆっくりと指を動かしてみる。

「ショーリ、そ、そこ……。ん……」

うわごとのようにつぶやいたかれんが、ぐんっと背中をそらせて、

「ああん、いいっ」

と声をあげたとたん、

「もぉーッ、やめてよ姉貴ィ、へんな声出すの～」

カウンターのすみっこで夏休みの宿題をやっていた丈が、迷惑そうに顔を上げた。

「気が散ってやってらんねえよ。声だけ聞いてると何かと思っちまうぜ」

コーヒー豆の整理をしているマスターがプッとふきだす。

「ご、ごめんね」かれんは恥ずかしそうに頬《ほお》を赤らめた。「だってショーリってば、あん

まり上手《じょうず》なんだもの」

　冷房がほどよくきいている『風見鶏』の店内は、外にくらべるとまるで天国だ。台風が近づいているらしく、空は曇っているのにやたらと蒸《む》し暑《あつ》い。

〈遅い午後〉と〈夕方〉のはざまのようなこの時間、店の中には僕ら四人のほかに誰もいない。夏休み中だけとはいえ僕は一応バイトの身なのだが、ひまなことだし、さっきからカウンターの真ん中へんに座っているかれんの後ろに立って肩を揉《も》んでやっていたのだった。

「しかしなあ、かれん」

　帆布《はんぷ》のエプロンをしたマスターは、豆の缶を棚におさめながら僕らのほうを見た。

「家でのんびりしてたはずのお前がなんでまた、合宿でさんざんしごかれてきた勝利に肩なんか揉ませるんだ？　ふつうは逆だろうが」

「だってー」と、かれんは言った。「母さんの買い物につき合って重いもの持ったり、久しぶりに庭で草木染《くさきぞ》めしたりしたせいで、いっぺんに肩と首にきちゃったのよ」

「お前もどうやら歳《とし》だな」

　マスターに言われて彼女がベーっと舌を出したのを見た丈は、

「野暮《やぼ》だよなあマスターも」と、ゲラゲラ笑いだした。『こってるなら揉んでやる』って言い出したのは勝利のほうじゃんか。要するにさ、好きな女に合法的にさわるための口実よ、口実。揉んでるほうも揉ませてるほうもどっちも幸せなんだから、やらせといてやんなよ」

「最初によけいな口をはさんだのはお前だろうが」と、僕は言った。「いいから、黙ってグラフでも書いてろ」

「へへーん、今やってんのは関数じゃなくて因数分解だもーん」

「なら、おとなしく分解してろってば！」

「へいへぃ。そちらさんも、どうぞ続けてくださって結構っスよ」

言いながら、ノートに顔を伏せてもまだニヤニヤ笑っている。ますます頭にきた僕は言ってやった。

「覚えとけよ。佐恵子おばさんがイギリスへ帰ったら、お前のメシを作るのはこの俺なんだからな」

「だから何さ」

「俺らはステーキ食っても、お前のぶんだけメザシにしてやる」

「ひっでええ！　そりゃねえよ！　横暴！　民主主義に反してるよ！」

シャーペンをふりまわして叫んでいる丈を黙殺して、続けて揉んでやろうとかれんの肩に伸ばした手を、僕は途中で引っ込めた。変に意識してしまう。というか、悔《くや》しいけれど丈の言ったことはぜんぶ図星だったのだ。

「……以上、終わりっ」

わざとぶっきらぼうに言って、僕は最後にかれんの頭をポンとたたいてやった。

「んー、ありがと。気持ちよかったー」

かれんはふり返ってにっこりした。

「部活でマッサージは慣れてるからな。まあ、こったらまたいつでも言いな」

「おーおー、お優しいこって」

性懲《しょうこ》りもなくヤジを飛ばす丈に、

「てめえ、いっぺん痛い目にあわなきゃわかんねえようだなぁッ！」

飛びかかった僕がヤツののどを絞めあげて「ぐえええ」と言わせている様子を、かれんはクスクス笑いながら眺めていた。そもそもの原因は自分だってこと、わかってるんだろうか。

今日のかれんは、七分袖《しちぶそで》の白いTシャツの上に、淡いブルー系の小花模様のエプロンドレスを着ている。肌ざわりの良さそうな、しなやかでとろんとした生地《きじ》だ。背中で交差した肩ひもがウエストをひとめぐりして、腰の後ろで蝶結《ちようむす》びになっている。さっき背中のツボをぐいぐい押してやっている間も、その細いひもは彼女の背中と僕の親指との間にはさまれてくりくりと動いたり、なまめかしく指にからまったりしていた。

(この蝶結びの片っぽの端をほんのちょっと引っぱるだけで、ドレスの全部がほどけちまうんだよな……するするっと)

そんな妄想《もうそう》にふけっているそばで、かれんがあんな声をあげるものだから、僕としては平常心を保つのにけっこう苦労した。ほんとにそのテのことしか頭にないのか、なんて責められても困る。一週間も離れていて昨日ようやく会えたというのに、かれんとはまだ、二人きりで話すことさえできずにいる。正常な男なら、いいかげんキレそうになって当然だろう。

かれんの座っている椅子の下にベージュ色をしたペルシャ猫のカフェオレがやって来て、彼女の足に体をこすりつけて甘えはじめた。かれんはかがんでカフェオレを抱き上げると、ひざの上にのせ、撫《な》でたり首のまわりをかいてやったり、頭のてっぺんにキスしたりした。

カフェオレはじっと目を細めている。ひげの先なんか全部鼻の前のほうへ向いてしまって、最高に気持ちのよさそうな顔でのどを鳴らしている。

（チキショー、猫と代わりてぇよ）

つい、そう思ってしまった。情けないとは自分でも思うけれど、こうなるとプライドも何もあったもんじゃない。

と、その時、カランカラン……とドアにぶらさがっているカウベルが鳴って、女の人が入ってきた。カフェオレがかれんのひざから跳んで降り、カウンターの下へ隠れる。

「いらっしゃいませ」

そのセリフを絶対言わないマスターの代わりに僕が言うと、その人は、

「こんにちは」

と会釈《えしゃく》した。

そして、マスターに目を移し、ニコッと顔をくずして言った。

「来ちゃった」

「……う」マスターが返事とも何ともつかない声を発する。「まあ、来るだろうとは、思ってた」

僕らは三人とも、思わずマスターとその人を見くらべてしまった。

歳は、たぶん三十歳そこそこ。でも、あごのラインでおかっぱに切りそろえられた髪やあっさりとした化粧は、その女の人をとても若々しく見せている。美人というのではないけれど、笑顔のいい人だった。背は高くもなく低くもなく、どちらかといえば丸っこいほうだが太っているというほどでもない。黒のハイネックの半袖セーターと黒のパンツ、素足に黒のサンダル。夏にもかかわらず全身真っ黒で決め、それがまたよく似合っていた。汗ひとつかかずにさらりと着こなしているせいか、ぜんぜん暑苦しく見えない。

窓ぎわのテーブル席に腰かけて隣の椅子にバッグを置くと、彼女はマスターではなく僕を見上げて、ブレンドを下さる？　と注文し、そして続けて言った。

「もしかして、あなたが、マスターに弟子入り志願した勝利くん……でしょ？」

「へっ？」

と、びっくりして僕は訊《き》き返した。知らない人にいきなり名前を言いあてられるというのは、けっこう戸惑うものだ。おまけにその人は、追い討ちをかけるようにこう言ったのだった。

「想像してたよりだいぶたくましい感じだわ。ねえ、あなたのいれるコーヒー、なかなかのものなんですって？」

あっけにとられた僕がもう一度訊き返すより早く、

「こらこらこら」とマスターが言った。「いくらなんでも、初めから飛ばしすぎだぞ」

何とも弱りきった顔をしている。ポーカーフェイスをめったに崩さないマスターにしてはめずらしい。

「だって、あなたが早く紹介してくれないんだもの」

その人に言われて、マスターはやれやれと首をふった。それから観念したようにため息をつくと、僕ら三人の誰とも目を合わせないようにしながら言った。

「あー……こちらは、岡本由里子《おかもとゆりこ》さん」

「よろしくね」

と、彼女は僕らをぐるりと見て微笑んだ。

「……で、そいつが勝利。こっちがかれんで、あっちが丈だ」

僕らはわけがわからないまま、とりあえずそれぞれ頭を下げた。

岡本由里子さんが、うふふと笑いだした。

「ああもう、ヒロアキさんてば。ちゃんと説明してくれないから、みんな狐《きつね》につままれたみたいな顔をしてるじゃないの」

「誰、ヒロアキって」と丈が言った。

「あー……まあその……俺だ」とマスター。

「ええっ。マスターに名前なんてあったの？」

あるに決まっているのだが、丈の言うこともわからないではなかった。僕だって、かれんの一件で前から知らされていなかったら同じ感想を抱《いだ》いただろう。

マスターは、僕らにとってはただ〈マスター〉なのだった。いつここへ来てみても、定位置であるカウンターの中に立って日本一美味《うま》いコーヒーを黙々といれている……その姿を見ることによって、僕らはどういうわけか安心することができた。どんなに動揺している時も悩んでいる時も、『風見鶏』のカウベルの鳴るドアを開けて、マスターのヒゲづらがこっちを向いてうなずいてくれるのを見るだけでほっとした。べつに何も具体的な相談なんかしなくたって、自分のギアをニュートラルに戻したり、針路を修正したりすることができたのだ。

僕らにとってこの店は風見鶏というよりも方位磁石《コンパス》のような存在だったし、そういう意味でいえばマスターこそが北極星《ポラリス》だった。いつも動かずにそこにいて、僕らの指針になってくれる。

でも、マスターだってもちろん仙人ってわけじゃないんだから、一人の男としての生活があってあたりまえだ。だんだんのみ込めてきたが、どうやら僕らは、今までまったく知らなかったマスターの私生活の一部をまのあたりにしようとしているらしい。

「何というかな、その……」

マスターはすごく言いにくそうに言葉を選んだ。冷房はこんなにきいているのに、額にうっすらと汗が浮かんでいる。

「つまり、あれだ。……あー……」

「もしかして、おたくら結婚すんの？」

いつもながらいきなり単刀直入に訊いた丈に答えたのは、由里子さんだった。

「まだそこまではね」と、由里子さんは微笑んだ。「でも、とりあえず一緒に暮らしてみることにしたの」

丈が、ぴゅうっと口笛を吹いた。

「ひょえええ。マスターもやることだけはちゃんとやってんだぁ」

マスターのでかいげんこつが、カウンター越しに丈の頭を襲った。

「私がヒロアキさんに頼んだのよ。あなたたちに紹介してほしいって」と、由里子さんは言った。「彼の話を聞いてたら、どうしても会ってみたくなっちゃってね。ここへ来たら会えるかもしれないって言われたから……。一度目でビンゴなんて、運が良かったわ」

「まあ、そういうわけだ」とマスター。「ったく、なんでお前らなんぞに紹介してやらにゃならんのだか……」

「あ、照れてる照れてる」

「もう、丈ったら」とうとうかれんが、弟をめっとにらんだ。「あんまり大人をからかうんじゃないの」

丈は、下唇をつきだして首を引っ込めた。

「あの……由里子さんは、マスターとどこでお知り合いになられたんですか？」

かれんが訊くと、

「最初は偶然、お客として来たのよ」

由里子さんは、僕が運んでいったブレンドを一口飲んだ。

「三年ほど前だったかな。そしたらなんと、奇跡みたいにおいしいコーヒーじゃない？それで、いれてる人に訊いたの。『豆はどこから仕入れてるんですか』って」

「嘘をつけ」と、マスターが口をはさんだ。「君はいきなり言ったんだ。『これよりもっとおいしい豆を仕入れる気はありませんか』ってな」

「そんな失礼なこと、誰が言ったのよ」

「だから、君だ」

由里子さんは肩をすくめて、かれんに目を戻した。

「私ね、ついこの間まで、小さい貿易会社に勤めてたの。コーヒー豆や紅茶や、ジャムやチョコレートやお砂糖や……とにかく原料とか素材にきちんとこだわって作られた、本当にいいものだけを扱う会社。ねえ、ちょっと自慢してもいい？　今このお店に卸《おろ》しているコーヒー豆も紅茶の葉も、最初は私がケニアで見つけてきたのよ」

由里子さんの話は、面白かった。話それ自体もさることながら、くるくるとよく動く目や、豊かな表情や、明るい笑い声を聴いているとまったく飽きなかった。

万年雪をいただくケニア山のふもと、海のように果てしなく広がる紅茶畑が、赤道直下の日ざしを受けて鮮《あざ》やかな黄緑色に輝く様子を、由里子さんは夢見るような表情で話した。従業員が十人しかいないスイスの工場で作られる、世界一おいしいチーズのこと。一本数万円もする称号付きワインを産み出すぶどう園の、すぐ隣にあるぶどう園から、十分の一ほどの値段で買いつけてくる極上の赤ワインのこと。

まだ一度も日本から出たことのない……いや、それどころか本州から出たことさえない僕にとって、世界を舞台に仕事をしていた人を間近に見るのは初めてで、それは充分に刺激的な体験だった。

「でも、今年に入って会社を辞《や》めて独立したの」と、由里子さんは言った。「あちこちへ行くたびにほんとにいろんなものを吸収できたから、今度はそれを自分なりに表現してみたくてね。二足のわらじで続けていた彫金《ちょうきん》のほうで、なんとか食べていけそうだから」

「彫金、ですか？」

と、かれんが身を乗り出した。

「ええ。アクセサリーが中心だけれど、オブジェやなんかも作るわ。あ、そっか。そういえばかれんさんは、確か美術をやってらっしゃるのよね」

三十分ほどもあれこれと言葉をかわすうちには、僕は由里子さんに好感らしきものを抱きはじめていた。

あんまり口数が多いとはいえないマスターが、いったいどんな顔をしてこの人の話を聞いているんだろうと思うと、何だか微笑ましく思える。マスターだって、店と家とを往復し、僕らの兄貴役をやってくれるだけじゃなくて、自分の幸せのことはちゃんと自分で考えていたんだとわかっただけでも、僕は本当に嬉しかった。

ただ、気になるのはかれんのことだった。

一年ほど前まで、かれんはマスターに想いを寄せていた。マスターが自分の実の兄貴だと知る前から、いや、知った後もしばらくの間は思いきれないでいたのだ。

彼女はいま、このニュースをどういう思いで受けとめているのだろう。僕を好きだと言ってくれた今となっては、ほんとにもう何ともないのだろうか。それともやっぱり、胸のどこか奥深くがチクリと痛んだりするのだろうか。

横目でひそかにかれんの顔をさぐってみたけれど、横顔からだけでは何も読み取れなかった。


由里子さんがひと足先に帰ったあと、僕らはひとしきりマスターをおもちゃにして遊び、でも最後には心からおめでとうを言い、結局『風見鶏』を出たのは夕方五時半ごろだった。

閉店時間まで働かず、夕方には上がらせてもらうことは、バイトの時間帯を決める時点で僕がマスターに頼んだことだ。佐恵子おばさんがこっちにいる間はなるべく家で晩飯を食べるようにしたい、と。

遠慮なく食わせてもらうというのとは、ちょっと違う。正直なところをいえば、家できちんと食べることこそが、僕なりの佐恵子おばさんへの遠慮であり、気遣いだった。せっかく作って待ってくれていることがわかっていながらさっさと外ですませてくるなんて、相手によっぽど甘えていなければできないことだ。そういう甘えがいいことか悪いことかは別にしても、僕にはそんなふうに人によりかかることができなかった。自分の面倒はもちろん、親父《おやじ》の面倒までみながら育つうちに、いつのまにかそういう性格ができあがってしまったのだ。

でも、僕が何ひとつそんなことを説明しなかったにもかかわらず、あの時マスターはぼそりと言った。

〈あんまり苦労性《しょう》だと、早くハゲるぞ〉

なんでもお見通しで、やりにくいったらない。

丈とかれんの後ろに続いて店の外へ出ると、空気はいっぱいに湿気をふくんで、耐えられないほどむしむししていた。風もけっこう強い。上空はもっと強い風が吹いているのだろう、灰色の雲がびっくりするような速さで流れていく。

「台風、こっちへ来るのかしら」

不安そうに言ったかれんが、首をねじって僕を見上げた。また鴨川へ行けなくなってしまうことを心配しているのだろう。

「大丈夫さ」と僕は言った。「上陸はしないみたいだぜ。スピードも速そうだし、きっとすぐ行っちまうさ」

「かれんさん」

後ろから聞き覚えのある声がして、僕はびっくりしてふり返った。

「星野……」

ちょうどビデオ屋のバイトも終わったところなのだろう。黄色いTシャツにジーンズ姿で、手にはタダで借りてきたらしいビデオの包みを持っている。

でも、星野りつ子は僕のほうを見なかった。あえて僕を無視するように、まっすぐにかれんを見つめて口をひらいた。

「あの、かれんさん。すみませんけど少しだけお時間いいですか?」

度胆《どぎも》を抜かれたのは、この僕だった。いったい星野がかれんに、何の用事があるというんだろう?

かれんもやはりそう思ったらしく、彼女はびっくりしたような顔で僕をふり向き、それから星野に目を戻した。

「かまわないけど……どうしたの？」

「二人だけでお話ししたいんですけど」

「星野お前、」

言いかけた僕を今度ははっきり無視して、

「ちょっとだけでいいですから」

星野はかれんに向かってくり返した。

動悸《どうき》が、勝手に速くなりはじめる。

かれんが、

「ここに入る？」

今出てきたばかりの『風見鶏』を指さすと、星野は首を横にふった。

「歩きながらのほうが」

かれんは、僕と丈をふり返った。

「それじゃ、あなたたち、先に戻っててくれる？」

女二人はつれだって、裏の公園のほうへ歩いて行ってしまった。

茫然《ぼうぜん》とその後ろ姿を見送る以外なにもできないでいる僕の横で、やがて、丈のやつが言った。

「台風、勝利に直撃じゃん」

4

小学校二年生の夏だった。親父とおふくろと、同じクラスの仲のよかった友だちの一家とで、伊豆《いず》へ遊びに行ったことがある。

カニや小魚を追いかけて遊んでいた僕らは、夢中になるあまり、知らず知らずのうちに腰より深いところまで入っていってしまい、いきなりやって来たでっかい波に巻かれてさらわれ、あやうく溺《おぼ》れかけた。僕のほうはそれがきっかけで泳ぎを覚えたが、友だちはいまだに水が怖《こわ》いらしい。

それでもあれは、おおむね楽しい夏休みだった。親たちにとっても同じだったようで、来年もまた一緒に来ようね、と言い合って別れたのだったけれど、その約束はとうとう果たされることはなかった。年が明けてすぐ、おふくろが脳溢血《のういっけつ》で逝《い》ってしまったからだ。

そんなふうな思い出があるからだろうか。

こうして潮《しお》の匂《にお》いをかぐといつも、僕はおふくろの顔を思い浮かべてしまう。

ただ、このごろは記憶の中のおふくろの顔が、妹である佐恵子おばさんの顔と重なりあって、あまりはっきりとは区別がつかなくなりつつある。なんとなく気がとがめるのは、そうやって少しずつ忘れていくことが、おふくろに対する裏切りのように思えるからかもしれない。

この歳《とし》にもなればふつうは親の存在なんて、とくに母親の存在なんてうざったいものでしかないのかもしれないが、僕の場合はなんだか妙なことになってしまった。

他人の目からはとっくに親離れしているように見えるらしいけれど、自分では、もしかすると永遠に〈親離れの瞬間〉を経験できない運命なのかもしれないと思う。経験したくても離れるべき親の片方はとっくにいないし、もう片方とはその後、親子というよりほとんど運命共同体みたいな感じでやってきたから仕方ないのだが、なんというか……何か心もとないのだ。男なら誰でもクリアしなければならないはずの、苛酷《かこく》だけれど重大な通過儀礼を、ズルして抜かしたままここまで来てしまったような気がする。いくら気にしたってどうしようもないことなのだけれど。

波が、足もとまで寄せてきてはまた引いていく。逆光で銀色にきらめく水平線がまぶしくて、目がしばしばする。

おとといまでの台風のせいでまだ少し波が高く、砂浜にはいろいろなものが打ち上げられていた。降り続いた雨による土砂崩れで、内房線《うちぼう》は途中が不通になっていたけれど、僕とかれんはいつもどおり東京駅から外房線《そとぼう》に乗ってここまで来たのだった。

そんな交通事情にもかかわらず、駅の近くの海水浴場はけっこう人でにぎわっていた。取りこわされずにしぶとく残っている〈海の家〉からは、焼きとうもろこしやサザエのつぼ焼きなんかのいい匂いが漂い、波打ちぎわでは夏休みの最後の数日を楽しみに来た家族づれが、水を引っかけあったり、貝がらを拾ったりしていた。

でも、岩場づたいでなければ降りられないこの砂浜は、嘘のように人影がなく、ひっそりと静まり返っている。聞こえるのは波の音だけだ。

歩きながらふり返ると、ローラーでならしたみたいに真っ平らな波打ちぎわの砂に、僕とかれんの足あとだけが点々と続いていた。

「でもさ、よかったじゃないか。おばあちゃん元気そうで」

僕がそう言うと、涼しげなマドラスチェックのワンピースを着たかれんは目もとをなごませて、

「ん……」

と、うなずいた。

「ほんとは、マスターと由里子さんのことも話してあげたかったけど……仕方ないわね。おばあちゃんの中では、孫のヒロアキはまだ十三歳のままなんだもの」

(そしてかれんは、三歳のままだ)

そう思いながらも僕は、そうだな、とだけ言った。

「マスターのこと……寂《さび》しくはないか？」

と訊《き》くと、かれんは微妙な表情で微笑んだ。

「ちょっとは、ね。でも、由里子さんがよさそうなひとで良かった。安心しちゃった」

本心から出た言葉のようだった。

「お前、おばあちゃんに話してあげたかった、って言うけど、それを言うなら俺だって、ほんとはおばあちゃんに話したいことがあるんだぜ」

「ショーリがおばあちゃんに？」かれんはきょとんとして僕を見た。「なにを？」

「俺と、お前のことさ。かれんはこの俺がぜったい大事にしますから、安心して下さいって」

僕としてはずいぶん思いきったセリフを口にしたつもりだったのだが、かれんはなぜかあんまり感動してくれず、ただ少しだけくしゅっと笑って下を向いてしまった。

ここ二、三日、ずっとこんな感じが続いている。いつかみたいに怒って口もきいてくれないというのとは違うから、なんとかこうして一緒に鴨川に来ることもできたわけだけれど、そのかわり僕が何を言っても反応がイマイチなのだ。歯がゆくてしょうがない。どうしたんだと訊いても、

〈べつにどうもしないわよ、私どこか変？〉

なんて逆に訊かれて、答えに詰まってしまった。どこがどう変なのか説明できるくらいなら、初めからそんなこと訊きゃしないのに。

かれんがこんなふうになってしまったのは、あの日の夜からだ。

星野りつ子と二人だけで話をして帰ってきた後、彼女はしばらくの間、僕と目を合わせようとさえしなかった。なにげなくふるまおうとしているのはわかるのだが、なにせ嘘をつけない彼女のことだから、努力してそうしているのが見え見えなのだ。

星野とどんな話をしたのかと僕が訊いたら、人生相談よ、とかれんは答えた。内容については教えてくれなかった。それでもしつこく訊きただそうとすると、彼女はいつもよりちょっと強い口調で言った。

〈どうしてそんなに気にするの？〉

どうしてって、決まってるじゃないか、星野はどうやら俺を好きで、だけど俺はお前を好きで、そのことは星野も知ってるけどお前に別の相手がいると思い込んでるし、おまけに合宿所の夜中の食堂ではあんなことがあって、俺が星野を避けるようになって、そういうときにあいつがお前と話したいと言ったんだ、気にならないわけがないだろう。

……そんなふうに全部ぶちまけてやりたかったけれど、現実には何も言えなかった。星野がどんなことをかれんに相談したのかわからない以上は、何を言ってもヤブヘビになる危険性がある。黙っていればバレずにすむことまでポロッと言ってしまいかねない。ごまかそうとか、内緒にしようとかいうつもりではなくて、僕はただ、自分の言葉でかれんを傷つけるのが怖かったのだ。

「ねえ」

と、かれんが立ち止まった。気分を変えようとするような明るい口調だった。

「せっかく水着持ってきたんだし、ここで泳いじゃわない？」

「えっ？」

びっくりして、僕はかれんを見下ろした。

「だけど、さっきあっちに遊泳禁止って立て札があったぜ？」

「違うわよぅ、『遊漁禁止』って書いてあったのよ。サザエとかアワビなんかを採《と》っちゃだめってこと。泳ぐのはべつに禁止されてないわ」

「それはお前、こんなとこで泳ごうってバカがいないからじゃないのか？」

けっこう横に長い砂浜とはいえ、右と左は岩場が岬のように突き出していて波が荒い。浅いように見えてもどこかそのへんで急に深くなっているのだろう、波は陸に近づいてきたかと思うと急にぐぐっと立ち上がって高くなる。

それなのにかれんは、

「いいじゃない。ね、ちょっとだけ」

お願いっというふうに僕に手を合わせた。

「久しぶりに海で泳ぐの、ずーっと楽しみにしてたのよ。浅いところで泳ぐくらいなら波が来たって大丈夫だし、ここなら海水浴場よりずっとのんびりできるし。ね？」

まあ正直いえば僕だって、海水浴場にたむろしている他の男どもなんかにかれんの水着姿を拝ませたくはないのだった。それに、こんなふうに彼女が明るくはしゃいでくれるなら、これはもしかして、ぎくしゃくしている二人の関係を元に戻すためのチャンスかもしれない。

というわけで、僕らはかわりばんこに見張りに立って、岩場の陰で水着に着替えた。先に着替えて見張っている間から、僕はずっと、かれんの水着姿を見ても平然とした顔をくずすなよと自分に言い聞かせていた。これまでにだって、酔っぱらって下着姿になったかれんを抱きしめたこともあるんだし、一度などはオールヌードさえ(背中からだけだったけど)目撃したくらいなのだ。水着程度で興奮してどうする。

ところが、着替え終わって岩陰から恥ずかしそうに出てきたかれんを見るなり、自分に課したそんな鎖《くさり》はあっけなくブチ切れてしまっていた。温度計の先っぽをライターであぶったみたいに、頭の中の温度が一気にぴゅーっと上昇してしまったのだ。

かれんの水着は、水彩のようににじんだ青いぶどうの房《ふさ》が胸からへその上あたりにかけて大きく描《えが》かれているほかは、真っ白だった。ハイレグでもTバックでもないし、デザイン自体はごくシンプルなのだけれど、かれんが着るとものすごく清楚《せいそ》な色気がある。背中がゾクゾクッとした。

「えへへ。……似合う？」

と、かれん。

僕はわざと鼻血をおさえるふりをして「う」と上を向いてみせた。

「もうっ」

かれんは赤い顔をして両手で僕を押した。

でも、僕が冗談にまぎらしたのは、何よりも自分自身だった。本当は僕だって、よく似合ってるよ、とほめてやりたかったのだけれど、あんまり正直な自分をさらけ出すと、そのまま本気で彼女を抱きすくめてしまいそうだったのだ。

「だけどお前それ、濡れると透《す》けやしないか？」

とにかく頭に浮かんだことを口にしただけだったのだが、それが失敗だった。

かれんは、じぃっと僕をにらんだ。

「……ふうううん」

「な、なんだよ」

「ショーリ、ずいぶんよく知ってるのね。白い水着が濡れると透けやすいなんて」

「そ、そりゃお前、み、水着に限ったことじゃないしさ」

「うそばっかり。ほんとは泳ぎにいくたんびに、ほかの女の子の水着見て研究してるんでしょう」

「そんなことねえってば！」

と、僕は嘘をついた。

「どうだかー」

と、かれんはそっぽを向いた。何だか知らないが、一人でぷりぷりしている。まったく、女ってのは何だってこう難しいんだろう。ふだんでさえ難しいのに、ここ数日の情緒不安定気味のかれんは僕の手にあまる。

とはいえ、海に入ると彼女はいくぶんきげんを直したように、

「わーん冷たぁーい！」

と喚声《かんせい》をあげた。

浜から五メートルほどもざぶざぶ入ると、水底は急に下り坂になって深くなる。まともに泳ぐには波が荒すぎた。ボディボードでもあればともかく、へたをすると波に巻かれて水の底に引きずり込まれてしまいそうだ。人は、ひざくらいの浅瀬でも簡単に溺れること

ができるのだ。

「あんまりそっちへ行くなよ」と、腰まで海に入ったあたりで僕は言った。「溺れても助けてやらないぞ」

「えっほんと？」

と、すでに肩までつかったかれんがふり返る。ただのフリでも、そんな悲しそうな顔をされてはかなうわけがない。僕はため息をついて言った。

「嘘に決まってるだろ。ちゃんと助けてやるよ」

「えへー。そうだと思った」

極上の笑顔で彼女が笑った、そのときだった。

「かれん、後ろ！」

「え」

「でかいのが」

言い終わるか終わらないかのうちに、かれんの頭を波がざっぱーんとのみ込んだ。続いて僕がのまれる。けんめいにもがいて頭を水面に出そうとしても、波の力でぐいぐい押さえ込まれてどっちが上だか下だかわからない。泡立つ水の中で必死に水底をさぐり、ようやく立ち上がるなり僕は彼女をさがした。

……いない。

どこだ、かれん！

げほ、ごほ、とセキが聞こえた。後ろをふり向くと、彼女はもっと浅瀬のほうまで波の力で運ばれ、そこにぺたんと座り込んで目をこすっていた。

僕は、そばまで歩いていって彼女を見下ろした。

「で、誰がクラスで一番だったって？」

「もう……助けてくれなかったじゃなーい」

と、かれんは恨《うら》めしそうにつぶやいた。

それからは少し用心して遊んだ。かれんは、なるほどけっこう泳ぎがうまかった。波のリズムをつかんでからは、寄せてくる波をうまくやりすごしてすいすい泳いでいる。

体が冷えてきたので、僕らはいったん砂浜へ上がった。かれんが用意周到に持ってきたバスタオルで体を拭《ふ》き、マットがないのでじかに砂の上に寝転がる。顔の真上に真っ青な空が広がり、入道雲がその高みへぐんぐんのぼっていく。

耳には潮騒《しおさい》。すぐ隣にはかれん。

ふいに体をよじりたくなるほどせつなくなってしまって、僕は何か優しいことを言おうと、かれんのほうへ顔を向けた。

かれんは、こっちを見ていた。その瞳に水っぽいものがすうーっとたまっていくのを見て、僕はあわてた。

「ど、どうしたんだよ」

かれんは、しゅん、と洟《はな》をすすりながら小さく首を横にふった。

僕は上半身を起こして、かれんの肩に手を伸ばした。

「どっか痛いのか?」

顔をのぞき込もうとすると、彼女は見せまいとしていやいやをするように首をふり、その拍子に砂が目に入ったらしく「あいたた……」とこすって、自分で自分のドジさに笑いだしながらポロリと涙をこぼした。

「なあ、どうしたんだよ。言ってみろよ。このところおかしいぞ、お前」

わけがわからないまま、他にどうしようもなくて、僕は思わずかれんをぎゅっと抱きかかえた。ひときわ大きくうち寄せてきた波が、僕らの伸ばした足先をひたひたと濡らしては、また戻っていく。

「ショーリ……」

と、かれんが耳もとでつぶやいた。

「なに」

「今まで、私以外に、何人くらいの女の子とキスしたことある？」

「な、何だよ急に」

と、かれんの顔を見る。

「教えて」

僕はずいぶん迷った末に、結局、正直に答えた。

「二人」

「それって、いつ？」

「……中三と、高二。どっちも、ずっと前だよ。お前のこと好きになってからは、一度もない」

「……それ、ほんと？」

「ああ」

答えながら、何だかすごくいやな予感がした。

グッと、かれんが僕の胸を押しのけた。

「嘘つき」

「え」

「ついこの間、りつ子さんとしたくせに」

「な……」僕は絶句した。「何だよそれ！」

かれんは黙っている。

「してない。絶対してない。誓《ちか》ってもいい、してないよ」

やっぱり黙っている。僕は起き上がって座り、横になったままのかれんを見下ろした。

ぎらぎら照りつける午後の日ざしの中で、かれんのまわりだけシンと寒そうに見える。

「星野がそう言ったのか？」

かれんはまだ黙ったままだ。

「あいつ……何だってそんな嘘を……」

「それじゃ、ショーリは覚えてないの」

かれんはとがめるような目をした。

「覚えてないって、何をだよ？」

「りつ子さん、言ってたわ。『和泉くん、だいぶ酔っていたんですけど』って。『キスしたのは初めから私をかれんさんと間違えてたからなのか、それとも、私だとわかっててキスしたけど名前を呼び間違えたのか、それがわからないんです』って」

後ろからいきなり鉄パイプで頭をなぐられたみたいだった。

「ねえ、ほんとに全然覚えてないの？」

覚えてない……わけじゃない。かといって、はっきり覚えているわけでもない。うっすらと覚えてなくもないような気がしないでもない、という感じだった。

僕の顔を見つめていたかれんが、きゅっと下唇をかんだ。

「やっぱり、覚えてるのね」

「だけど俺、夢だと思ったんだ」と、僕は必死で言った。「酔っぱらって外で寝てて、夢にお前が出てきて……ほら、俺が風邪ひいて寝てた時にお前がキスしてくれたあの時の夢さ。だから俺、お前のこと抱き寄せて、それで、それで……」

それで、しっかりとキスを返してしまったのだ。まさかあれが星野だったなんて。

かれんは、目を閉じてため息をついた。

「りつ子さんね。あなたが私のことをいつまでも思い切れないのは、私が優しい顔をするからなんじゃないかって。もっと厳しくはねつけてほしいって、頼まれちゃった」

「それでお前は、何て答えたんだよ」

かれんののどが、ごくりと動く。

「……やってみるわ、って」

「ばかじゃねえのか、お前！」

つい大きな声を出した僕を、かれんは哀《かな》しげな目でじっと見上げてきた。

「だって……だってほかに何て言えばよかったの？」

「…………」

「私、りつ子さんがうらやましい。授業でも部活でも、ショーリがいっしょうけんめいな瞬間にいつも一緒にいられるし、歳《とし》だって私よりずっとショーリにふさわしいし。自分の恋に協力してほしいと思ったらあんなにきっぱり人に頼めるなんて、私なんかには、絶対まねできないことだもの」

「かれん……」

手を伸ばそうとすると、かれんはそっと押し戻した。仕方なく手をひっこめて、僕は、ごめんな、と言った。

「お前にこんな思いさせるなんて、最低だよな、俺」

「ううん。そういうことが言いたかったわけじゃなくて……」

「でもさ、もしほんとに星野が俺のこと好きなら、たぶんお前に対して同じことと思ってるぜ。毎朝毎晩、俺と一緒に暮らせてうらやましい、ってさ」

するとかれんは、僕の目をのぞき込むようにしてつぶやいた。

「ショーリ」

「なに」

「ほんとに、いいの？」

「何が？」

「ショーリは、ほんとに、私でいいの？」

「な……に言ってんだよ？」

思わず、肩をつかんでいた。彼女の上にがむしゃらにのしかかって、ありったけの強さで抱きしめる。肌と肌がとけあってひとつになってしまえばいいのにと思いながら、もっと強く抱きしめる。かれんがかすかな悲鳴をもらす。

「苦しいか？」

と僕が訊くと、彼女は小刻《こきざ》みにうなずいた。

「俺のほうがもっと苦しいよ」

と僕は言った。

本当に、息ができないほど苦しかった。子供のころ波に巻かれたあの時と同じくらい苦しくて、このまま死ぬかと思った。

「ほんとにお前って、バカ」と、言い捨ててやる。「どうしたら俺のこと信じてくれるんだよ。俺の頭ん中がどれほどお前でいっぱいか、カチ割って見せてやりたいよ。星野のほうが俺にふさわしいって？　聞いてあきれちまうよ。お前自身はいったいどうなんだよ。俺のこと、誰か別の奴《やつ》にわたしちまって、それで平気なのか？　お前が俺のこと好きって言ってくれたのは、その程度のもんなのか？」

僕の腕が作った檻《おり》の中で、かれんが泣きじゃくりながら激しくかぶりをふる。

「じゃあ……」腕をゆるめ、両ひじを砂について、かれんの顔を間近《まぢか》に見下ろす。「じゃあ、俺のこと、誰にもわたしたくないか？」

鼻の先を赤くしたかれんは、わずかにためらったものの、よけいなものを思い切るようにコクン、とうなずいた。

「ずっとそばにいてほしいか？」

もう一度、コクンとうなずく。目の端からぽろぽろと涙がこぼれて、砂まみれの髪にしみ込んでいく。

僕は、ふうっと息をついた。胸にのしかかっていたものがどけられたみたいに、やっと少しは楽に呼吸できるようになった。

「お前に必要なのはきっと、それだよ」と、僕は言った。「せめて俺のことに関してだけでもいいから、もっとわがままになってくれよ。へんに誰かのこと思いやったり、遠慮したりしないでさ。……な？」

かれんの腕が持ち上がって、そっと僕の背中を抱きかかえた。ドキリとする。日に照らされていた背中にも、彼女の肌はじんわりと温かい。

「お願いを聞いてくれる？」

と、かれん。

「何でも聞くよ」

するとかれんは、僕ののどのあたりを見つめたまま言った。

「りつ子さんを、責めたりしないでね。彼女だって、同じだけつらいのよ」

「……わかってるけど」

「お願い」

「……わかった」

「それと、これからはもう、私以外の人とキスなんかしないで」

「もちろんだよ。ごめん。でもあれは、言ってみれば事故みたいなものなんだぜ」

「それでもいやなの。第一そういう言い方って、りつ子さんに失礼だわ」

「……うん。ほんと、ごめんな」

「それと、」

「まだあんのかよ」

「これからは、私以外の女の人と絶対口きかないで」

「ええっ。そ、それはちょっと……」

かれんが、ぷっとふきだした。まだ涙の乾かない顔で、クスクス笑いだす。

「やあねー。本気にしてるー」

やっと、いつものかれんの口調が戻ってくる。どうやらこの独特の口調は、僕に心から安心して甘えた時だけ出るものらしい。そう思ったら何だか嬉しくて、僕のほうもつい笑ってしまった。

突然、めちゃめちゃにはしゃぎたくなって、僕はかれんの鼻をキュッとつまんだ。

「来いよ！」

手をついて起き上がり、戸惑っているかれんの腕を引き起こして、もう一度海へ飛び込む。肌を灼《や》いていたせいで、さっきよりずっと冷たく感じる。

こんなふうに水を引っかけあうことで、お互いの間のしこりを全部洗い流してしまいたかった。わかってて裏切ったのならともかく、こんなことでかれんとダメになるなんて冗談じゃない。

星野がたとえどんなに本気で僕を想ってくれているとしても、今となってはもう僕もかれんも、お互いの手を放してしまうわけにはいかないのだ。いつのまにかこんなにも、お互いなしではいられなくなってしまったのだ。

寄せてくる波が僕らをふわっと持ち上げ、そのまま同じ場所に取り残して陸へと向かっていく。

水の中で逆立ちしてみせた僕をまねようとして、かれんは鼻から水が入ったと半泣きになり、僕はそんな彼女を慰めるふうを装ってしっかり腰に腕をまわすことができた。ついさっきまで抱き合っていたからだろうか。それとも、柔らかくまとわりつく水の感触が僕らを大胆にするのだろうか。ふだん、陸の上だったら意識して構えてしまうようなことでも平気でできるのが不思議だった。

僕の裸の胸に、かれんのむき出しの肩が触れること。かれんのつるりとした背中を、僕のてのひらが支えること。水に潜って足を引っぱりっこし、悲鳴をあげながら相手の体に抱きつくこと……。いつのまにか僕らは互いに、そんなふうな親密でスリリングな駆け引きを楽しんでいたのだと思う。

何度目かで彼女を笑いながら抱きかかえた時、僕らはふっと気がついてしまった。お互いが今、こんなにも近くにいることに。

かれんが、僕を見つめる。

僕が、かれんを見つめる。

彼女の髪は濡れて束になり、まるで頭にワカメをのせたみたいだったけれど、額に貼《は》りついた前髪や、形よくとがった鼻や、細いあごの先から水面にしずくがぽたぽた落ちているのを見ているうちに、僕はもうそれ以上どうしても我慢できなくなってしまった。

ぎゅっと抱きすくめて、かれんの小さい叫びをのみ込むように唇を重ねる。

「だ、だめよ……誰かに見……」

それをさえぎって、さらに強引にくちづける。

かれんの背中から寄せてきた波が、彼女の体をもっと強く僕の胸に押しつけてくれる。波のせいばかりではなくふらつきそうになるのを、僕は足をふんばってこらえた。

濡れたうなじから、髪の中に指をさし入れる。

びくっと震えた彼女が、僕の腕をきつく握りしめる。

いっそ、彼女の爪《つめ》のあとが残ればいいのにと思った。いや、それより、彼女の体に僕のあとを残したかった。できれば、誰にも見えないところに。

今まででいちばん長いキスのあとでやっと唇をはなすと、僕らは二人とも、潜りっこをしていた時より激しく息を乱していた。かれんの頰は紅潮《こうちょう》して、冷たい水につかっているのにお湯にのぼせたみたいだ。

最初に意識したのは、抱きかかえている彼女の体の輪郭だった。こうしてあらためて考えてみれば、いま僕らをへだてているものは、お互いが着ている水着の薄い生地《きじ》だけなのだ。それに気づいたとたん、脳天から足の先へビリビリッと電流が走り抜けた。そのとたん……。

「やっ……！」

高い声でかれんが叫んだかと思うと、どん、と僕を突き飛ばして水の中に逃《のが》れた。

「や、やだ、ショーリ……」

顔ばかりか、耳のふちからのどもとに至るまでみごとに真っ赤に染まっている。

「やだって言ったって、し……しょうがないだろ」

と、僕は負けず劣《おと》らず赤くなりながらどもった。二十四にもなろうって女が、何なんだこの純情さは！　と腹立たしくなり、それより何より、自分の男としての生理が腹立たしくて、よけいに恨みがましいことを言いたくなる。

「男はなあ、意志とは関係なく勝手にこうなっちゃうんだよ。裸に近いかっこのお前を抱いてて、そうなるなっていうほうが無理だよ」

かれんは、怯《おび》えと緊張と、戸惑いと恥じらいとが一緒くたになったような、ものすごく複雑な顔で僕を見つめている。

「もともとこういうふうにできちまってるんだからさ、」と、僕はしつこく言い訳した。

「これぱっかりは俺じゃなくて、神様あたりを責めてくれよな！」

最後のその一件が尾を引いてしまったせいで、水から上がって甲羅《こうら》を干し、服に着替えて駅のほうへ戻るまでの間ずっと、僕らは何となく気まずかった。

でも僕としては、こういう僕を「やだ」と頭から否定されてしまうと、もうどうしていいかわからなかった。

いつだったか丈がかれんのことを評して、姉貴はまだ女としてちゃんと目覚めてないんじゃないか、などと言ったことがあったが、だとしたら僕はいったいいつまで待たなければならないんだろう。

木の下で大きく手を広げて、熟した果実が自分から落ちてくるのを待っててやるのが、男の優しさというものなのかもしれないけれど、時おり……いや、このごろではしょっちゅう、強引に木によじのぼってまだ青い果実をもぎ取り、ガリッと歯を立ててしまいたい衝動に駆《か》られる。それを我慢するのにはかなりの自制心が必要で、僕は最近の自分のそれにまったく自信がなかった。

＊

隣を歩いているかれんが、腕時計を見た。

「今日はずいぶん、ゆっくりしちゃったわね」

いつもより声が少し小さいのは、さっきのことをまだ気にしているせいかもしれない。

僕も時計を見た。時刻は午後六時をまわっている。

「最終の特急には、間に合うだろ？」

「ええ、それは大丈夫」

ところが――ぜんぜん大丈夫なんかじゃなかった。最終に間に合うもなにも、帰りの外房線は、内房線と同じように不通になっていたのだ。僕らが来た数時間後に、線路の上に土砂が崩れ落ちてしまったらしい。そんなにたいした土砂崩れではないが、復旧には一両日かかるということだった。

「どうやって東京へ帰れっていうんだよ……」

万一帰れなかった場合のありとあらゆる問題を、僕はめまぐるしく考えた。明日は午前中が部活で、午後は『風見鶏』でバイトだ。かれんのほうは、何やらまたしても佐恵子おばさんから、一緒に出かける約束を取りつけられているらしい。

そう、いちばんの問題は佐恵子おばさんだ。朝出かけるとき僕らは、行き先を言わずにきた。二人一緒に同じところへ行くとも言わなかったかわりに、一緒じゃないとも言わな

かった。こういう場合、僕らのそれぞれが取ってつけたような理由で今夜は帰れないなど
と電話したら、佐恵子おばさんはいったいどう思うだろう？
そのとき、
「あ」
と、かれんが指さした。
見ると、同じく帰るに帰れない客たちで人だかりのできた改札口の横に告知板が出てい
て、そこには臨時のバスが出ることが書かれていた。不通になっている区間の向こう側ま
で、バスで送ってくれるらしい。
「よかった」僕は、心底ホッと息をついた。「遅くはなっても帰れそうだな。どうやって
乗るのか、見てくるよ」
「ショーリ」
え？　と見下ろした僕を、かれんは何とも言いようのない心細そうな表情で見上げてき
た。
「どした？」
「う……ううん」と、彼女はうつむいて首をふった。「何でもないの。行ってきて」

けれど、切符の払い戻しや何かがどうなってるのか訊いてからロータリーの売店のそばへ戻ってきた僕を、かれんはやっぱりさっきと同じ表情で見上げた。

「ねえ……ショーリ」

「うん？　何だよ、さっきから」

「…………」

「まあとにかく、バスに乗って話そうぜ。早く乗らないと、座るとこなくなっちまう」

先に立って歩きだそうとしたら、

「ショーリ」

かれんは僕のTシャツの背中を引っぱった。ふり向くと、彼女は僕のシャツから手を離さないままうつむいていた。ぽつんぽつんとともりはじめた町の灯《ひ》のなかで、かれんの白い横顔がぼうっと浮かび上がっている。

彼女はなおも、何度も何度もためらってはそのたびにごくりと言葉をのみ込んで……それからとうとう、消えいるような声でこう言った。

「……今日は、鴨川にいない？」

言われた言葉の意味がようやく脳にまで届いた、その瞬間……。

耳の中が真空になった。雑踏《ざっとう》の喧騒《けんそう》のすべてが消え失せた。日暮れていく町を背景に、まるでサイレント映画のように人々だけがうごめいている。そんな無音の風景の片隅で、ひっそりとふるえながらうつむいているかれんの横顔を、僕は長いこと、口もきけずに見つめ続けていた。

LOVE ME TOMORROW

1

かれんと、二人きりで過ごす。――ひと晩じゅう。

この日が来るのを、どんなに激しく待ち焦《こ》がれていたことだろう。

それなのに……本来なら脳の血管が破れるくらい浮かれまくったっていいはずなのに、僕の気持ちはなぜか晴れない。たぶん、かれんの表情が晴れないせいだ。

「ちょっとだけ向こうへ行っててくれる？」

かれんは電話ボックスの扉を開けながら言った。

「なんで？」

「だって……。母さんに嘘《うそ》ついてるところなんて、ショーリに聞かれたくないもの」

気持ちはわかる。

「何て言うつもりなんだ？　お前、たしかこないだも、土を採《と》るのにかこつけてここへ来たろ？　こうひんぱんに鴨川《かもがわ》に来てるなんて言ったら、佐恵子おばさんだってさすがに不審に思うんじゃないか？」

「ん……それは、何とかする」

何とかするったって、大丈夫なんだろうか。何せかれんは、嘘をつくのが極端にへたな女なのだ。

でもまあ、横にくっついていたって口出しするわけにはいかないんだからと自分に言い聞かせ、僕は電話ボックスから離れて売店のほうで待つことにした。僕のほうは、もう数時間たってからかけて、適当な言い訳《いわけ》をすれば何とでもなるだろう。こういう時は、男ってのは気楽なもんだなと思う。

外房《そとぼう》線の終点、安房《あわ》鴨川の駅前は、狭いロータリー兼タクシー乗り場といったスペースになっていて、送迎の車やらバスやらがひしめきあって止まっている。その向こうは商店街で、土産物《みやげもの》店だとか本屋だとか、『ちばぎん』の看板なんかが見える。

さんざん泳いだせいで、手足がだるい。

僕は、電話ボックスの中のかれんを見やった。何をやらせてもトロい彼女は、バッグの底から財布を見つけ出し、テレカを取り出して電話に差し入れるのに今までかかったらしい。ようやくプッシュボタンを押しはじめた彼女の、きれいなマドラスチェックのワンピースが、夕暮れの町の中にぽっと目立って何となく郷愁《きょうしゅう》を誘われる。ずっと昔、幼稚園のころ好きでよくいじめた女の子が、ちょうどあんなふうなワンピースを着ていたのをふと思い出す。

かれんが、ハッと顔を上げてしゃべりだした。受話器に向かっていっしょうけんめい何かを説明している。ずいぶんてこずっているらしい。嘘がバレてやしないかと、見ていてヒヤヒヤした。彼女は明日、佐恵子おばさんと一緒に出かける予定になっていたはずだが、そのことで文句のひとつでも言われているのだろうか。

僕は、ゆっくりとこぶしを握った。今はまだ、かれんと二人でここに来てるなんてことを、佐恵子おばさんに知られたくなかった。

なぜって、かれんのほうは、実のおばあちゃんを訪ねていることがバレて（つまり自分が花村家の本当の娘じゃないと知っていることがバレて）、育ての親である佐恵子おばさんを傷つけたくないからだし、僕のほうは、かれんとの仲を疑われて引き離されるなんて羽目《はめ》になりたくないからだった。

疑われても何も、実際に僕らはそういう仲なんだし（ったってキス以上のことはほとんどまだだが）、お互いに決していいかげんな気持ちでつき合ってるんじゃないけれど、かれんのほうが五つも年上で、しかも二十四歳のお年頃《としごろ》とくれば、佐恵子おばさんだって心穏《おだ》やかではいられまい。大学生になったばかりで、まだ何の力もない僕の想《おも》いなど、若い頃にはよくあることだとか一時の気の迷いだとか言われて、もう同じ家では暮らさせてもらえなくなるに違いない。

僕が、かれんや丈と一緒に暮らすようになったのが、去年の春。かれんを好きだとはっきり口にしたのがその夏で、初めてのキスは今年の春の高校卒業直前。

でもそれからの半年は、僕らの間にたいした進展はなかった。彼女がオクテすぎるせいと、丈の言うとおり僕がグズなせいもあるけれど、それだけじゃなかった。二人とも同じ家に住んでるからといって、丈だっているんだから、そう何もかも思いのままにしていいものじゃない。どんなに狂おしい気持ちでかれんを抱きしめていても、僕にはやっぱり、あの家で彼女と一線を越えることはできなかった。損な性分《しょうぶん》だとは思うけど、こればかりは仕方がない。

そこへ、佐恵子おばさんが一時帰国してからは、いつ部屋のドアが急に開くかと思ったら落ち着いてキスなんかしてられなかったし、このごろなんか、僕はよほどの用事がある時しか自分からかれんに話しかけなくなっていた。おばさんはそれが僕のキャラクターなんだと思っているらしく、よく息子の丈に向かって、あんたは男にしてはしゃべりすぎるとか、勝利を見習いなさいとか言っていたけれど、僕はただ、かれんとあんまり親しく話していて、おばさんに何か感づかれてしまうことが怖《こわ》かっただけだ。

それにしても、と、まだ電話中のかれんを眺めながら思った。

今夜はここにいようと自分から言ったからには、かれんのほうも、もしかして、それなりの覚悟ができているのかもしれない。まあ何といっても彼女のことだから、わかったもんじゃないが。

僕はひそかに、丈に感謝した。この夏休みの初め頃、かれんとの初デートに出かけようという朝、丈のヤツがあるものを僕の手に滑り込ませてニヤリと笑ったのだ。

〈取っといてよ。オレの気持ちだから〉

その、ぺたんとした四角い小袋を見たとたん、

〈ばッ……〉

と叫びかけた僕の口を、丈の野郎はてのひらでふさいだ。

〈いざ必要になった時ほど、買いにくいもんなのョ、こういうものは〉

〈中坊のくせに、何でこんなもん持ってるんだよ！〉僕は小声で怒鳴《どな》った。〈まさかお前、京子ちゃんに悪さを……〉

〈あの京子が、そんなこと許してくれると思う？〉

と、悲しそうに彼は言った。それもそうだ。

〈単に、友だちがジョーダンでくれたやつだよ。ったく、どうしてそう人の好意を無にするようなこと言うかなあ〉

〈お前どうせ、これに水詰めて女子追っかけて、きゃあきゃあ言わせたりしてるんだろ〉

〈あれ、なんでわかんの？〉

〈俺も昔は中坊だったからさ〉

……というようなことがあったのが今月の初めで、それから、かれこれ三週間あまり。僕の財布の奥には、丈の〈気持ち〉が、使われる機会もないままにまだしっかりしまってあった。

かれんがやっと電話ボックスから出てきて、きょろきょろと僕を目でさがした。その心細そうな姿を見たとたん、僕の心臓はぞうきん絞《しぼ》り状態になってしまった。

とにかく、今を喜べばいいじゃないか、と思った。今夜ひと晩、二人だけで過ごせるには違いないんだから。

「佐恵子おばさん、何だって？」

「ん……」かれんは、しゅんとして言った。「まあ、何とかなったわ」

「何て言い訳したんだ？」

「うーん、話さなきゃだめ？」

「まあ、イヤならいいけど。一応聞いといたほうが、同じような言い訳をしないですむと思ってさ」

かれんは、肩からかけたカゴのようなバッグのひもをいじった。

「女友だちと一緒に海へ来たんだけど、その子がちょっと具合悪くなっちゃって……って言ったの。ほっといて私だけ帰るわけにもいかないし、だから一緒に泊まってくって」

「お前にしちゃ、上出来なんじゃないか？　一応、筋は通ってるし。なのに、なんで佐恵子おばさん、あんなに長々と文句言ってたんだ？」

「うん……明日、私のぶんもお芝居の券を取ってあったんだって」

と、彼女は目を伏せた。

「ふうん。誰《だれ》か別の人と行きゃいいじゃないか、なあ」

かれんは答えず、腕時計をのぞいた。

「もうじき七時だけど……どうする？　ショーリ」

「どうするって？」

「おなかすいた？　何か食べる？」

「それより、先にどこか泊まるところさがさないと、野宿することになっちまうぞ」

「……そっか」かれんは、ちょっとぎこちなく笑った。「そうね」

僕は、そのぎこちなさに気がつかないふりをして、つとめて何でもないことのように言った。

「電話帳で、そのへんのホテルに電話して訊《き》いてみようぜ。部屋の空きがあるかどうかと、料金とさ」

「あ、えっと、お金なら、私カード持ってるから……」

「ばか、こんな時に女に払わせられっかよ」

言ってから、ぎくりとした。

財布の中身、いくら入ってたっけ？かれんを待たせておいて電話ボックスに入り、僕は、テレカを出すと同時にびくびくしながら財布を確かめた。

……万札が、二枚。あとは五千円札が一枚と、千円札が三枚、及び、丈の〈気持ち〉。

とりあえず、ほっと息をつく。『風見鶏《かざみどり》』でのバイト代が入ったばかりで助かった。これくらいあれば、まあ何とかひと晩くらいしのげるだろう。

ところがだ。

一つめのホテルに電話をかけて訊いてみた僕は、あっけにとられた。

『お一人様、二万四千円のツインでしたらご用意できますが』

てことは、二人で四万八千円？　いいいいいいいい、よんまんはっせんえん？

……とぼけたこと言ってんじゃねーぞ。

僕は電話を切り、別の所へかけてみた。

『ありがとうございます。お一人様二万円の和室と、一万八千円の洋室とございますが、いかがいたしましょう？』

「……えっと、そんなにスゴイ部屋じゃなくてかまわないんですけど」

『申し訳ございませんが、当方ではこちらよりお安いお部屋というのは、ちょっと……』

観光客相手のホテルというのが、こんなに高いものだったなんて知らなかった。夏休み中だし、かき入れ時だからよけいに高いのかもしれない。それにしたって、サギじゃないかと思う。

そのあと、いくつかのホテルに電話をしたが、ほとんど同じだった。もう少し安いビジネスホテルは、のきなみ、団体客で満室だった。

頭の中に、もっと別の種類のホテルという考えが浮かばなかったわけじゃない。でも、電話ボックスの外で待っているかれんの姿を見ると、やっぱりそんなのはダメだと思い直した。なんたって今夜は、二人にとって記念すべき夜になるかもしれないのだ。ずっと後になってからも、懐かしく甘酸っぱく思い起こせるような夜にしなくちゃならない。ピンクのネオンがついてるようなイカガワシイところへ彼女を連れ込むくらいなら、海岸で抱き合って夜明かししたほうがまだましだ。

途方に暮れて電話帳をめくっていくうちに、ふと、ペンションという文字が目についた。

ペンション、か。

つまりは洋風民宿といったところだろうが、それでも釣り人の泊まるような普通の民宿よりはたぶん若向きなんだろう。

いくつか名前が並んでいるうちの一つに電話をしてみると、こちらはホテルよりだいぶまともな値段だった。一人九千円、しかも夕食と朝食付き。それなら何とかなる。部屋は二人用で、小さいなりに一応バス・トイレ付きだという。

僕は名前を告げ、これからすぐ行くからと言って、部屋を一つ押さえておいてもらうことにした。かれんだってまさか、二部屋別々にとれなんて言いはしないだろう。

「どうだった？」

電話ボックスを出た僕を見上げて、かれんは心配そうに言った。

「うん、ホテルはいっぱいだったけど」僕はちょっとだけ嘘をついた。「でも、ペンションがとれたよ。ここからだと割に距離があるみたいだけど、まあ歩けないことはないって言ってた。どうする？」

「いいじゃない、歩きましょうよ。ショーリとゆっくり散歩だなんて、いつでもできそうで、あんまりできないもの」

やっと少し元気を取り戻してにっこりしたかれんに、僕は一瞬、見とれてしまった。

かれんのウェーヴのかかった髪はまだ泳いだ時のなごりで濡《ぬ》れていて、彼女はその髪を後ろでゆるく束ね、耳たぶには服の中の一色をとって赤いサンゴのピアスをしている。

毎日同じ家で暮らしていて、いいかげん見飽きたっていいくらいのはずなのに、間近《まぢか》に顔を見るだけでこんなにドキドキする。

どうしてなんだろうなあ、と、しみじみ不思議に思った。こんな上等な女が――どんな男だってよりどりみどりのはずの女が、どうして俺のことを好きだなんて言うんだろうなあ、と。

「海側のお部屋が空いてなくて、ごめんなさいね」

半時間ほど歩いてたどりついた海辺のペンションの奥さんは、歳《とし》の頃四十代の前半くらいだろうか、小柄《こがら》でほっそりしていて、気さくな感じの人だった。脱サラをしたご主人と二人、五年ほど前からこの三部屋だけのペンションを経営しているのだそうだ。

建物はブルーのペンキで塗られた横板張りのアメリカン・カントリー風で、いかにもという感じだったけれど、庭先にたくさんの花やハーブが植えられているのを見て、かれんは喜んだ。かれんが喜んでくれるなら、僕としては、カントリー風だろうがロココ調だろうが何だってかまやしない。

一応部屋を見てから決めてほしいと言われて案内されたのは、二階の端の、こぢんまりとまとまった洋室だった。

二つのシングルベッドが、一メートルくらい離して並べられている。その一メートルの距離に、僕は救われる思いだった。これがもし、ぴったりくっつけて置かれていたり、万一大きなダブルベッドだったりしたら、どういう顔をすればいいかわからなくて、きっといたたまれなかったに違いない。

青いパッチワークのベッドカバーに、カーテンは白。壁に寄せられた丸いガラステーブルの真ん中には野の花が生けられ、二つの籐《とう》の椅子《いす》の上にそれぞれ白とブルーのクッションがのっている。女の子が喜びそうな、ロマンチックな雰囲気だ。奥の白いドアの向こうがバスルームとトイレだと奥さんは言った。

「こちらでよろしいかしら。最後の一部屋なんですよ」

「とっても素敵なお部屋」と、かれんが言った。「ひと晩よろしくお願いします。急でごめんなさい、いろいろご準備もおありだったでしょうに」

「もしかして、あなたがたも電車で帰れなくなったのかしら？」

「そうですけど」かれんはびっくりしたように言った。「他にもそういう方がお泊まりなんですか？」

「ええ、一組ね。その方たちは前にもここにいらしたことがあって、それですぐ電話をかけてきて下さったの。夕食の時にお会いになれるでしょうけど」

奥さんは手に持っていたファイルを開けて差し出し、その欄に名前と住所を書き込んでほしいと言った。

二人ぶんの空欄があった。僕は、かれんより先に自分の名前『和泉《いずみ》勝利』と花村の家の住所を書き込み、その間に急いで考えた。このペンをかれんに譲ったら、彼女はバカ正直に『花村かれん』と書くだろう。そうしたら、僕らの間柄《あいだがら》をこの奥さんは何と思うだろうか。僕はいいけれど、そういう時につらい思いをするのはかれんだ。彼女のことを、年下の男をたぶらかした女だなんていうふうに思われたくはなかった。

僕は思いきって、彼女のぶんまで名前を書いた。

『和泉かれん』

隣でのぞき込んでいた彼女が、小さく息をのむのがわかった。

奥さんは、にこにこしながら僕らを見くらべた。

「ご姉弟《きょうだい》、かしら？　海水浴？」

「え」かれんが一瞬返答に詰まった。「あ、私たち、ですか？」

ばか、ほかに誰がいるっていうんだ。

「こいつの彼氏が、急に風邪《かぜ》ひいて来られなくなっちゃったんです」僕は急いで横から答えた。「姉貴と二人で遊んだって、ぜんぜん面白かないっスよねぇ」

「ひっどぉい」

かれんが、けっこう本気で横から僕をこづいたのを見て、奥さんは笑った。何も疑わなかったようだ。

「それじゃ、うんとおいしいものを用意しましょうね。泊まることになってかえってツイてたなぁって思ってもらえるように」

夕食はあと二十分ほどで用意できるからと言い残して、奥さんはドアを閉めて戻っていった。

取り残された僕らは、急に、二人きりだということを強く意識した。

クーラーの音に混じって、波の音が聞こえる。窓からは薄暗くなった松林しか見えないが、建物の反対側には太平洋が広がっているのだ。

かれんは椅子の上にバッグを置き、バスルームをのぞきにいった。風呂《ふろ》とトイレと洗面所が一緒になったスタイルだが、ポリじゃなくて白いホーローの浴槽《よくそう》だから、なんとなく外国っぽい雰囲気がある。入浴剤とか、ラベルの可愛《かわい》い石けんやシャンプーなんかが棚に置かれていた。

「一階に大きいお風呂もあるって言ってたけど、ここで充分よね。あ、歯ブラシもある。買ってきて損しちゃった」

緊張のせいか、無理にはしゃいでいるのが見え見えで、何だか痛々しいくらいだった。少しでも沈黙が訪れたら、僕がいきなり襲いかかるとでも思っているんだろうか。悪いけど、そんな甲斐性《かいしょう》はないぞ。

「かれん」

僕が呼ぶと、彼女はぴくっとして、ふり返らずに言った。

「なあに？」

「さっきは、サンキューな」

「え？」

やっとふり返ってくれた。

「さっきあの奥さんに姉弟って言われた時、お前、答えないでくれたろ」

「…………」

「お前がそうだって答えたら、俺が傷つくとか思ったんだろ？」

「…………」

「だから、サンキュな」

かれんは照れくさそうに、くしゅんと笑った。

「ふーんだ。私と二人で遊んだって、面白くないんでしょ」

「お前となんて言ってないよ。姉貴とって言ったんだよ」

「だって、私は『姉貴』なんでしょ」

「それはお前、嘘も方便ってやつで……」

かれんは、バスルームのドアに寄りかかったまま、いぃーっと鼻の頭にしわを寄せた。

美人だけに、そういう顔をするとけっこう憎たらしい。

「でもさ、かれん。今晩のところは、姉弟ってことにしとこうぜ。普通のホテルとかと違ってさ、明日の朝の飯《めし》まで、ほかの客と一緒に食うことになるわけだろ？　いろいろ詮索《せんさく》されるの、うっとうしいじゃないか」

かれんがうつむいて、何か言った。

「え、なに?」

「ショーリは……私と恋人どうしだって思われるの、恥ずかしいの?」

「ばか、その逆だよ。お前が人からいろいろ思われたり言われたりすんのがいやだったからだよ」

僕がそばへ寄ると、かれんはまたぴくっとした。

「あのさあ」と、僕はがっくりして言った。「いくら一緒に泊まるったって、お前のいやがること、俺がすると思う?」

かれんが、うつむいたまま首を横にふる。

僕はドアに手をつくと、彼女の頭のてっぺんをあごで押すようにして仰向《あおむ》かせ、おでこにそっとキスをした。

「いま、何時?」

と僕が訊くと、彼女はぼーっとしながら腕時計を見た。

「えっと……七時十八分過ぎ」

「明日、何時までに帰るって佐恵子おばさんに言ったんだ?」

「はっきりは約束してないわ。友だちの具合がよくなったら帰るって」

「すごい」

「なにが？」

「明日の朝飯までだって、あと十二時間以上もあるんだぜ。その間、お前とずっと一緒にいられるなんてさ。ああ、どうしよう俺。すっげえ嬉《うれ》しい。あんまり嬉しくて、窓開けて大声出したくなってきた。やってもいい？」

「だ、だめよ」

「冗談だよ」

叫ぶかわりに、ぎゅうっと抱きしめる。かれんは、やっと安心したように、僕の背中に腕をまわしてくれた。

心臓がズキンとするのと同時に、もう一か所、別なところまでズキンとする。ジーンズでよかった、と、僕はそれでも少し下半身を引きながら思った。これが昼間みたいに海パンだったら、またしても、真っ赤になった彼女に突き飛ばされていたに違いない。

しかし……いやがることとすると思う？　なんて偉そうなことを言ったものの、いったい自分の理性がどこまで続くものか、僕にはあんまり自信が持てなかった。

何といっても今夜は、かれんと二人きりで過ごすのだ。——ひと晩じゅう。

2

夕食のテーブルでは、オーナー夫妻と僕ら二人のほかに、東京から来ている三十代半《なか》ばの夫婦と、女子大生の二人連れが顔をそろえた。

料理はなかなか美味《うま》かった。タイムとかローズマリーとかのハーブ類を腹に詰めてオーブンで焼いた魚や、自家製のハム、裏の畑で取れた野菜のサラダ、近海で揚《あ》がったばかりの魚介類《ぎょかい》。和洋折衷《せっちゅう》のメニューが新鮮で、中にはどうやって作るのか訊《き》きたい料理もあったが、やめておいた。料理が好きなのかとか、いろいろ訊かれるのも面倒だ。

東京から来た夫婦の名前は〈石野《いしの》さん〉といい、それがさっき奥さんの言っていた人たちだった。やはり最終の特急で帰るつもりで駅へ行ったところ、土砂崩れのことを知ったそうだ。

女子大生たちは二人とも僕と同じ一年で、こちらはもともと二、三日房総《ぼうそう》をまわるつもりで来ていた。片方は積極的で派手な性格、もう片方はおとなしくて目立たない、という、女の子によくある組み合わせだ。〈ミカちゃん〉と呼ばれるほうは赤いTシャツに短パン、髪をポニーテールに結んでいて、物怖《ものお》じすることなくオーナー夫妻にも僕らにもいろいろ話しかけてくる。〈ヨウコちゃん〉のほうは紺《こん》のポロシャツで、下はベージュのキュロットスカートだった。髪はおかっぱみたいな感じにぱっちり切りそろえられていて、何か訊かれないかぎりは黙ってニコニコしている。

みんな、けっこう仲良くなった。オーナーが甲州《こうしゅう》に住む友人から毎年送ってもらうというハウスワインが三本空《から》になる頃には、石野夫妻の旦那《だんな》さんのほうとミカちゃんは、かなり赤い顔をしていた。

「しかしきみも、こういうお姉さんを持つと苦労するだろう」

と、石野さん（夫）が僕に言った。

「どうしてですか？」

かれんが料理も家事もろくすっぽできないなんてことは話してないのに、どうして苦労してるなんてわかるのかな、と思った。

「だってさ、こういう人がお姉さんだと、女性に対する理想がやたらと高くなっちゃって困るんじゃないかい？」

あ、なんだ、そういう意味か。

「ほんと、きれーですもんねー」

とミカちゃんが言い、ねーえ、とヨウコちゃんに同意を求めた。

かれんは、ワインのせいばかりではなく赤い顔をして笑っている。僕は彼女に、グラス一杯しか飲ませなかった。こんなところで酔っぱらってストリップでも始められては、どうしたらいいかわからない。

「きみ、シスコンだろう」

いくらか目のすわった石野さん(夫)は、隣の席から僕に顔を近づけた。横から石野さん(妻)が袖《そで》を引っぱっているが、彼は知らんふりだ。

「いや、そういうわけじゃ……」

「いいや、きっとそうだ。お姉さんに恋人ができたりしたら、むちゃくちゃヤキモチを焼いて邪魔をするタイプだ」

「まあまあ石野さん、若い人をそんなにいじめちゃ気の毒よ」オーナーの奥さんが、笑いながらグラタンの皿をテーブルの真ん中に置いた。「こちらのお姉さんにはもう、素敵な彼氏がいらっしゃるんですって」

あーやっぱりねえーとミカちゃんが言った。あたしも彼氏欲しいなー、美人は得よねー、うらやましいわぁ。

きみに彼氏ができないのは、美人であるなしの問題じゃないような気がするけどな、と僕は頭の中で思ったが、もちろん口には出さなかった。

食事が終わると、ほかの人たちはリビングに場所を移してお茶を飲む態勢に入ったが、僕はとにかく早くかれんと二人になりたくてたまらなかった。でも、いきなり部屋へ戻るなんて言いだしたら変に思われるだろうし、かれんをまたしても緊張させてしまいかねない。

僕は、できるだけさりげなくオーナーに訊いた。

「すいません、このへんで一番近いコンビニってどこですか」

ほんとは、新《あら》たに買うものなんかなかった。ここへ来る途中、駅のそばのコンビニで必要なものはみんな買ってきたからだ。ちょっとしたおやつとか、二人分の歯ブラシとか、二人分の替えの下着とか。

ああいう店で下着を買うのがあんなに恥ずかしいものだとは思わなかった。「急に彼女とお泊まりすることになりまして……」と大声で報告してるみたいな気分だった。レジに立っていたバイトの男の視線は、はっきりこう言っていた。なんでお前みたいなのがこんな美人と……、と。もっと恥ずかしいものを買わなくてすんだだけでも、もう一度丈に深ぁく感謝すべきかもしれない。

それはともかく、コンビニのありかを訊いたのは要するに、この団欒《だんらん》から二人で抜け出す口実だったのだ。

「外へ出て、道をずーっと右へ歩いていくとあるよ」とオーナーは言った。「そうだな、五分くらい先かな」

僕は、かれんをちらりと見やった。彼女は僕を見つめていた。心臓が、またしてもきゅっと鳴く。

「じゃ、俺ら、ちょっと買い物があるんで行ってきます」

かれんにあごをしゃくって、行こう、と促《うなが》した時、ミカちゃんが言った。

「あ、私も行こうっと。一緒に行ってもいいでしょ？」

僕は絶句した。

よくない。全然よくない。……だけど、どうして駄目《だめ》だと言えるだろう？

「ねえ、ヨウコちゃんも一緒に行こうよ」とミカちゃんは言った。「でさ、花火があったら買ってこようよ」

「花火かあ。うーん、そりゃいいなあ」と石野さん（夫）が言った。「線香花火とか、もう十年以上やってないなあ」

まさか、あんたまでついてくるなんて言うんじゃないだろうな。

「ミカちゃん、よかったら僕らのぶんも買ってきてよ。あとでお金は払うからさ」

「いいですよ」

と彼女は言い、「行こ」とヨウコちゃんを誘った。

結局、四人でぞろぞろ歩くことになってしまった。

ヨットとカモメをかたどった街灯の並ぶ道を、ゆっくり歩いていく。どういうわけか途中から二人と二人の組み合わせになってしまって、僕の横にいるのはミカちゃんだった。後ろから、かれんとヨウコちゃんがついてくる。

「和泉クンはさ、カノジョいないの？」

とミカちゃんが僕を見上げて言った。

「え。いるよ」

すぐ後ろに……と言ってしまいたくなる。

「じゃあどうして一緒に来なかったの？」

「いろいろ事情があるんだよ」

と、僕はごまかした。

「あ、わかった。ケンカしたんでしょう」

「まあ、そんなとこ」

「うっそぉ」

うっそぉって、自分が言いだしたんじゃないか。

「じゃあ、私たちなんかと、ブラブラこんなとこ歩いてる場合じゃないじゃない」

「俺もそう思うよ」

「どうしてケンカしたの？」

さっき知り合ったばかりの男に、そこまで突っ込んで訊くか普通？

「よくわかんないんだ、それが」

と僕は言った。

押しの強さという点では星野りつ子も似たようなものだが、いったいどこがどう違うのか、ミカちゃんのそれにはちょっと閉口してしまう。

「ちゃんと電話とか、してあげた？」

電話……。佐恵子おばさんにならさっきした。案《あん》の定《じょう》、友だちのところに泊まると言っただけで話は簡単だったが、〈今夜はかれんも帰ってこないのよ〉と愚痴《ぐち》のように言われて、ちょっと良心がとがめた。

「女のコはねえ」と、ミカちゃんが言った。「たとえケンカしてたって、相手から電話がかかってくるの、ずうっと待ってるもんなのよ」

「そんなものかな」

「そうよ。もしかして和泉クン、お姉さんが美人で素敵だからって、ついカノジョと比べたりしてるんじゃないの？　女って、そういうの敏感なのよ」

「そんなことしてるつもりはないけどな」

「無意識にしてんのよ、きっと。私はそうだと見た」

そして彼女はくるりとふり返り、後ろ歩きをしながら、かれんに言った。

「ねえ、お姉さん。和泉クンのカノジョってどんな人なんですか？」

ばかやろう、と僕は思った。僕と同い歳《おなどし》のミカちゃんから〈お姉さん〉なんて呼ばれて、かれんはどう感じただろう。それでなくても、僕より年上だってことをいつも気にしてるってのに。

何しろずっとそんな調子だったので、ようやくコンビニの看板が見えてきた時はホッとした、というよりぐったり疲れきってしまっていた。これからまた連れだって戻って、みんなで和気あいあいと花火をするのかと思ったら、うんざりしてしまった。

いつのまにか、時計は九時半をまわっている。七時過ぎからの二時間があっというまに過ぎてしまった。きっと同じように、すぐ夜中の十二時になり、〈明日〉になり、朝が来て……。

冗談じゃない。こんな大事な夜に、家族ならまだしも、どうして他人にまで気を遣《つか》わなけりゃならないんだろう？　もう、どう思われようと知ったことか。

自動ドアが開いて、真っ先にミカちゃんが明るい店内へ飛び込んでいく。後から入ろうとしたかれんのひじを、僕は引き戻した。かれんがびっくりして僕を見上げ、彼女の隣にいたヨウコちゃんまでが驚いて立ち止まる。

自動ドアが、僕ら三人を外に残したままスーッと閉まった。

「悪いけど」と、僕は言った。「花火は、パスさせてもらえるかな」

ヨウコちゃんは、僕の顔からかれんに目を移し、それから、僕がかれんのひじをつかんだままでいるのを見た。一瞬おいて、はっと目がみひらかれる。

頭のいいコみたいだな、と僕は思った。

「そういうことだったの」

と、ヨウコちゃんはつぶやいた。

「うん。そういうことなんだ」

僕が言うと、意外にも彼女は、ウフフ、と笑った。

「わかったわ。ミカちゃんにもみんなにも、適当に言っておくから安心して。知らなくてお邪魔しちゃって、ごめんなさい」

ばいばい、と手をふると、彼女は店に入っていった。

ずいぶんあっけなかった。

ミカちゃんが引き止めにきたりしないうちに、と、僕はかれんを引っぱってコンビニの明かりから逃《のが》れ、すぐに横道へそれた。海はこっちの方角のはずだ。このへんならどこを曲がっても、ほとんどの道が海へ通じているに違いなかった。

「よかったの？　あんなこと言っちゃって」

横道には街灯がないから、かれんの顔は闇《やみ》に隠れている。

「いやだったのか？」

「ううん」彼女が首をふる気配がした。「ほんとは……」

「ほんとは？」

「………」

「ちょっとは、嬉しかった？」

闇の中で、こくん、とうなずく気配。

僕は思わず、並んで歩く彼女の手をぎゅっと握った。

「明日になったら俺ら、近親ソーカンだと思われてたりしてな」

「ええっ？」

「だって俺、姉弟《きょうだい》だっていうのまでは否定してないぜ」

かれんは一拍おいて、プッとふきだした。

「大丈夫よ。ヨウコさんなら、きっと誰にも言わないわ」

「残念」

「どうして？」

「いっそのこと、言いふらしてほしいような気もする」

「………」

かれんの指にも、少しだけ力が加わった。

暗い細道を抜けていくうちにどんどん潮《しお》の香りが強くなり、やがて、遊歩道にぶつかった。その向こうには、白い砂浜がぼうっと浮かび上がっている。海ははっきり見えないのに、波の音だけがやけに大きく聞こえる。

遊歩道に出てみて、おや？　と思った。

それは、いちばん最初に僕がかれんの後をつけて鴨川へ来た時に歩いた、あの遊歩道だった。かれんに見つかってしまった砂浜は、もう少し駅寄りだったと思うけれど。

波打ちぎわで、投げ釣りをしている人がいる。

ずっと向こうの砂浜で誰かがたき火をしているのが見え、ヒューッ……と空に消えるロケット花火の音も聞こえた。

人のいるほうへは行きたくなくて、僕はかれんの手を引いて反対の方角へ歩き出した。

しばらく、黙りこくって歩いた。何も話さなくても、手をつないでいるだけで僕はどきどきしていた。今までにだってほんの短い時間、手を握ったことくらいはあるけれど、こんなに長くそうしているのは初めてなのだ。

河口にかかった小さい橋を向こう側へ渡ると、その先にも遊歩道が続いていた。道の片側は真っ暗な松林。やはり街灯はなくて、海の上に昇っている月だけが頼りだった。

満月を二日ほど過ぎていた。銀色の光が海面に映って、波打ちぎわまで長々と道のように延びてきている。波と一緒に、銀の粉がうち寄せているように見える。

「あの上をつたって、月まで歩いていけそうね」

と、かれんがうっとりささやいた。

「なあ」

「ん？」

「お前さ、どうして今日に限って、こっちにいようなんて言ったんだ？」

かれんがぱったり立ち止まって、僕を見上げた。月を背にしているために、暗くて表情はよく見えない。

「どうして、そんなこと訊くの？」

「どうしてって……」

夕方以来、ずっと気になっていたことだからだ。

〈……今日は、鴨川にいない？〉

いつものかれんにしては、それはあまりにも思いきった言葉だった。彼女にそう言わせる何かがあったんじゃないだろうか。

「もしかして、由里子さんのことと関係あるのか？」

と、僕は言ってみた。

マスターはかれんの実の兄貴であると同時に、一年ちょっと前までは彼女の片想いの相手でもあった。そして、マスターと由里子さんが一緒に暮らすようになったことを僕らが知らされたのは、ほんの数日前だった。もしかすると、かれんはマスターが自分から離れていくようで寂《さび》しくて、今夜僕と一緒にいたくなったのではないだろうか？

けれどかれんは、ちょっと怒ったように言った。

「そんなの、全然関係ないのに」

「じゃあ、星野の件が、まだ気になってるとか？」

自分でもしつこいなと思いながら、僕は言った。

でも、かれんはやっぱり首を横にふった。

「ショーリったら、ひどい」

と、彼女は小さな声で言った。どうせ顔なんて見えやしないのに、うつむいている。

「私が、す……好きなひとと一緒にいたいと思うのは、そんなにおかしいこと？」

「いや、そうじゃないけどさ」

まだ完全に腑《ふ》に落ちたわけではなかったし、彼女が何か隠してるんじゃないかという思いは消えていなかったが、僕は、その先を追及するのをやめた。せっかくかれんがここまで言ってくれているのに、わざわざ心配の種を掘り起こそうだなんてどうかしている。

どうしてこう、欲ってやつにはキリがないんだろう。しばらく前なら、かれんが一緒にいようと言ってくれるだけで、いや、僕を見つめてくれるだけで、天にも昇るような気持ちになったのだ。今だってもちろんそれはそうなのだけれど、一つが手に入れば、もっと多くのものが欲しくなってしまう。彼女の心の中にあるもの全部が知りたい、何ひとつ秘密を作ってほしくないと思ってしまう。

現実にはそんなことは絶対に不可能なのだし、それを本気で望みはじめたが最後、彼女を縛《しば》りつけることにしかならないのに……そんな束縛《そくばく》が彼女を幸せにするはずはないとわかっているのに。

「ごめんな」と、僕は言った。「俺、要するに自信がないんだよ。どうしてお前が、俺なんか好きなんだろうって。……うーん、我ながらめめしいこと言ってるな」

照れくさいのと情《なさ》けないのとが一緒くたになって、僕は、かれんの手を放して歩きはじめた。かれんも並んで歩きだす。

十歩くらい行ったところで、彼女の手が、再び僕の手の中にすべり込んできた。

「ねえ、ショーリ」

「……うん？」

「ごめんね」

「何が？」

「ショーリにまで、母さんに嘘つかせちゃって」

「こういう嘘なら、毎日ついたって平気だけどな、俺は」

「ううん。ショーリって、けっこうそういうとこ、ちゃんとしてるもの。平気なはずないわ」

「買いかぶりすぎだよ」と僕は笑った。「それにしても、佐恵子おばさん、いつまでこっちにいるつもりなのかな」

「夏休みが終わったら、戻るつもりだって言ってたわよ」

「えッほんとに？」

思わず声が裏返ってしまった。

「そんなに露骨《ろこつ》に喜ばなくたって……」かれんは、くすくす笑った。「母さん、かわいそう」

「かわいそうなのは俺だよ。ずーっと我慢してたんだぜ。だからかな。今夜の嘘も、佐恵子おばさんには悪いけど、あんまり気がとがめない」

彼女は黙っている。

「かれん」と、僕は呼んだ。「俺、できるだけ急いで歳とるからさ。早く、嘘なんかつかなくても一緒にいられるようになろうな」

「…………」

銀の光にふちどられた彼女の横顔が、こっくりうなずいた。

僕はつないだ手を再び放し、その手で彼女の頭を抱き寄せた。塩気をふくんだ海風のせいで、彼女の髪も、頬《ほお》も、しっとり湿っている。

どちらからともなく立ち止まり、そっと抱き合ってキスをかわそうとした、その時だった。

松林の中から、人の声がした。

かれんがハッと息をのんで、顔を離す。僕は、彼女を抱きかかえたまま耳をすませた。

また聞こえた。ため息のような、うめき声のような、何かをねだるような女の声の合間《あいま》に、時折、低い男のつぶやきが入りまじる。

その声が何を意味しているかを悟《さと》ったのは、たぶん、二人同時だった。

かれんの体が急に硬くこわばって、カッと熱くなる。僕のてのひらにも伝わってくるほどだ。

なんてこった、と思った。やっと彼女の緊張も解けて、せっかくいい雰囲気になってたっていうのに、これじゃ一気に逆戻りじゃないか。

「い……行こうか」と僕はささやいた。「こんなとこにいたんじゃ、ノゾキだと思われちまう」

冗談にしたつもりだったのだが、声がうわずってしまって、うまくいかなかった。

3

どっちが先にシャワーを浴びるかで、しばらく押し問答した。

そういうのは殿方《とのがた》が先と決まっている、と、かれんが頑固に言い張ったので、結局、僕が先に浴びることになった。

陽《ひ》に灼《や》けてひりひり痛む上半身や足をかばうように、お湯をぬるめにして頭をがしがし洗う。海で泳いだ時のままだったから、一回目はろくに泡も立たなかった。

いつもより、あちこちていねいに洗ってしまった。これから起こるかもしれないことを思ってそうしているつもりはない……といえば、やっぱり嘘になる。心臓が、ばくばく暴れ狂っていた。

でも、僕のほうがこんなに緊張していることを、かれんにさとらせるわけにはいかないのだ。ふりだけでも、いつもと変わらずに接しなければ。その上でもし、そういう雰囲気になったら自然に抱き合えばいいんだし、全然そういう雰囲気にならなかったり、かれんがイヤがったりしたら……その時は、我慢するしかない。

それだけのことだ、と思おうとした。

思うことには成功したが、心臓は跳《は》ねまわるのをやめなかった。

あれから僕らは、砂浜でカニをつかまえたりして、一時間ほど遊んだ。まっすぐ部屋に戻ろうとしなかったのは、かれんに誤解されたくなかったからだ。松林のカップルの声を聞いて鼻血が出そうなほど興奮して、それで早く部屋に戻りたがってるなんて思われるのはあんまりだった。たとえそれが、少しくらいは本当だったにしても。

戻ってきてみると、庭先に花火をしたあとが残っていた。一階のリビングにはもう誰もいなくて、階段を上がろうとした時、キッチンの奥からオーナーの奥さんがひょっこり顔をのぞかせた。

「遅くなってすいませんでした」

と、僕は言った。

「あら、全然かまわないのよ。バッタリお友だちと会ったんですって？」

ヨウコちゃんがそんなふうに言っておいてくれたらしい。明日になったらそっとお礼を言わなきゃな、と思いながら、奥さんにおやすみを言ったのだった。

シャワーの栓《せん》をひねって止め、大きなバスタオルで体を拭《ふ》く。コンビニで買ってきた下着の袋を破り、Tシャツはどうしようか考えた。

汗のしみこんだものをもう一度着る気にはなれない。かといって、パンツ一丁でうろうろするわけにもいかないので、ジーンズだけは身につけて、バスルームを出た。

テレビは一応ついていたが、かれんは画面を観《み》ていなかった。部屋の入口の小さい明かりだけをつけて、二人分の水着が干してある下で窓際の椅子に座り、窓ガラスに額《ひたい》を押しつけるようにして、月明かりに照らされた松林をぼんやり眺めている。

こっちをふり返り、僕が上半身裸なのを見ると、彼女は薄暗がりでもわかるくらい赤くなった。

「お先」と、僕は言った。「浴びてこいよ」

「……うん」

彼女は、コンビニでそろえた洗面用具その他をかかえて、そそくさとバスルームへ姿を消した。

ぱたん、と閉まったドアの向こうから、やがて水音がしはじめた。

テレビでは若手のお笑いコンビが何か面白いギャグを飛ばしているらしく、会場の客が大爆笑している。僕はつっ立ったまま、耳の穴をタオルで拭きながらしばらくそれを見ていたが、誰が何を言ってもさっぱり頭に入ってこないので、可笑《おか》しくも何ともなかった。かといって、スイッチを切ってしまう勇気もなかった。かれんが出てきた時に、シンとしていたのでは間《ま》がもたないような気がしたのだ。

リモコンで、チャンネルを次々に替えてみる。

こんな時に料理番組を見ても何も覚えられっこないし、吹き替えの映画なんてまっぴらだ。オーケストラは何だか暗い曲で気が滅入《めい》るし、湯けむり○○殺人事件なんて面倒くさいし、落語を聴くような気分でもない。

ＢＳ－９で、僕は手を止めた。白い帆《ほ》をあげて海を疾走するヨットの映像のバックに、シカゴの曲が流れていた。

『Love Me Tomorrow』

シカゴのナンバーの中では、『素直になれなくて』の次に好きな曲だ。たぶん、たいていの人がこの順番なんじゃないかと思う。というより、それ以外の曲は知らない人がほとんどかもしれない。

ピーター・セテラの、よく通る透明な声が歌っている。

彼女は言った、今夜は淋《さみ》しいの、と

一人でいると彼女はいつも淋しがるんだ

今夜はあなたにいてほしいのよ……

およ、と僕は思った。初めて歌詞に注意して聴いたが、こんな歌だったのか。

明日も私を愛してくれるって約束して
今日みたいに　明日も私を愛して
昨日《きのう》よりずっと　あなたが必要なの

かれんは……かれんも、そんな気持ちで僕に一緒にいようと言ってくれたのだろうか。

シャワーの水音は続いている。

いつだったか、知らずに風呂場の折戸《おりど》を開けて、かれんのオールヌードを目撃した時のことを思い出してしまった。背中から見ただけだったが、今でもあの白さは目の奥に焼きついている。

よせばいいのに、続いて僕の脳裏《のうり》には、このあいだ丈と夜中にこっそり観たビデオの一場面が浮かんでしまった。

わりと可愛い女の子がシャワーを浴びているところへ、男がそーっと忍び込んでいく。シャワーカーテン越しに、女の子のシルエットが映る。中の彼女は男に気づかずに、何やら悩ましげな表情で、のどや胸のあたりにうっとりとシャワーをこすりつけている。世の中の普通の女の人たちが、まさかみんなああいうシャワーの浴び方をしているとは思えないが、まあそこはビデオだから仕方ない。で、男はいきなりシャワーカーテンを引き開けるのだった。後はお決まりのパターンだ。いやよいやよと言いながら、女の子は全然いやがっていなかった。

あの女の子の顔が、どこかでかれんに重なる。妄想《もうそう》がふくれ上がって頭の中がぱんぱんになるに至って、僕は必死にその情景をふり払った。

ああいうものを観てばかりいるから、男は誤解してしまうのだろう。女は強引《ごういん》な男に弱いものなのだ、と。

シカゴの曲がフェイドアウトして、ロッド・スチュアートの『セイリング』に変わった。安易《あんい》な選曲だが、映像にはぴったり合っている。ゆっくりとしたそのバラードが終わる頃、シャワーの音がやんだ。

僕は、ベッドの片方のヘッドボードに寄りかかり、音を小さくして、走るヨットをぼうっと眺めた。

今頃かれんは、濡れてクルクルになった長い髪をタオルで包んでいるのだろうか。僕みたいに上半身裸というわけにはいかないから、もう一度あのワンピースを着て出てくるつもりだろうか。しかし、あれを着て寝たりしたら、明日の朝にはシワくちゃだ。

となれば……？

正直なところ、そろそろ我慢の限界だった。忍耐も、心臓も、それにはっきり言って下半身もだ。必死に歯を食いしばって、落ち着け、落ち着け、と言い聞かせている自分を、こっけいに思う余裕すらない。

ところがかれんは、いつまでたってもバスルームから出てこなかった。シャワーの音がやんでから少しの間は、洗面台を使う音が聞こえていたが、それから十五分ほどもたった今、物音ひとつしなくなってしまったのだ。

まさか、中でぶっ倒れてるとか……？

テレビを消し、ベッドから下りると、窮屈《きゅうくつ》なジーンズの具合を直しながらバスルームのドアに近づいた。ちょっと迷ってから、ノックする。

「かれん？」

一瞬の間《ま》があってから、

「……はい？」

と小さな返事が聞こえた。

ホッとする。

「大丈夫か？　気分でも悪いんじゃないのか？」

「う……ううん、大丈夫」

その声を聞いた時、どうしてだろう、全部わかってしまったのだった。

僕は、ノブを回した。鍵《かぎ》はかかっていなかった。

そっとドアを引き開けると、かれんがギクッとした顔で僕を見上げてきた。いつもの風呂上がりと同じく、頭にタオルをターバンみたいに巻いた彼女は、胸から下にもブルーのバスタオルをしっかり巻きつけて、途方に暮れたようにバスタブのふちに腰をおろしていた。着るものに迷ってそうしているのでないことは確かだった。

僕は、彼女の片手を取って立たせた。

「シ……ショーリ……私……」

黙ってその手を引き、バスルームを出る。かれんはよろけながらついてくる。ベッドのところまで来て、彼女の肩を押さえるようにして座らせた。

「ショーリ……あの」

「俺のこと、怖い？」

「…………」

「怖い？」

すぐ前の床にひざをつき、かれんの手を両手で包み込んで、少し下から目を見上げる。

かれんは、まつげを伏せて、ためらいながらもうなずいた。

「俺とそうなるの、まだイヤか？」

「…………」

「もしそうなら言ってくれよ。俺、我慢するから。お前がそう言っても、絶対怒ったりしないし、ひがんだりもしない。お前の気持ちの準備ができるまで、いつまでだって待ってみせるから」

実際は、もう一分一秒だって待ちたくなんかなかった。でも、かれんに向かってはっきり待てると口に出してしまうことで、僕はそれを本当のことにしようとしていた。

かれんは黙っている。

「イヤ、か？」

もう一度、僕は訊《き》いた。

かれんが短く、一度だけ、首を横にふった。

頭へ向かって、ザアッと音を立てて血がのぼった。

「かれん……俺……」

それまで張りつめていたものが、ぷっつり切れる。

立ち上がりざま、のしかかるようにして、かれんの体をベッドに押し倒した。小さくはずんだ彼女が声をもらすのを、唇《くちびる》でふさぐ。頭に巻いていたタオルがほどけて、長い髪がぱらりと散らばった。その髪をかき集めるみたいにして頭を抱きかかえながら、僕はかれんにくちづけた。いつもよりずっと激しい、長いくちづけだった。互いの息が荒くなっていく。二人とも、たった今歯をみがいたばかりだったから、息まで同じスペアミントの味がした。

僕が、かれんの唇をかむ。

かれんが、僕の息をのみ込む。

本当に怖がっているのは、むしろ僕のほうだったかもしれない。怖くて、どうしても彼女のバスタオルに手をかける勇気が出なかった。その下には未知のものがたくさん隠されているのに、そして、それこそがいま自分の欲しいものだとわかっているのに……。

かわりに僕は、彼女のあごや、のどもとや、鎖骨《さこつ》のくぼみや、そして肌とバスタオルの境目《さかいめ》にくちづけた。

冷房がきいているせいで、むき出しの肩先は冷えてしまっていた。寒いのか、と訊くと、彼女はかすかに首をふった。

細い腕にくちづけ、ひじの内側に、手首の内側に、と順番にくちづけていく。てのひらを上向きにさせて、そこに唇を押しつけると、彼女の唇から、あっ……と小さい声がもれ、電流のような震えがその体を走り抜けるのがわかった。

その瞬間。

耳もとに、あの声がよみがえったのだ。あの声……さっき、暗い松林の中から聞こえてきた、欲望まるだしの男女の声が。僕は今から、あれと同じことを、かれんに対してしようとしているのか。

だから何なんだ、と、必死でその考えをふり払う。そんなの、恋をしている男と女なら誰だってしていることじゃないか。かれんだって生身《なまみ》の女だ。女神様《めがみ》でもなければ、聖母マリアでもない。それに、松林のカップルだって、お互いのことを好きで好きでたまらないのかもしれない。ちょうど僕らみたいに、二人きりになれる場所がなくて、それであんなところで抱き合うしかなかったのかもしれないじゃないか、と。

にもかかわらず——僕が今かれんを想う、この狂おしいほどの気持ちと、暗い林から聞こえてきたあの声との間には、めちゃくちゃ大きなギャップがあった。たとえるならば、『ローマの休日』と、『恥辱《ちじょく》のセーラー服』くらいのギャップだった。

それほどの隔《へだ》たりがあるというのに、しようとしている行為自体はまったく同じだなんて、そんなことって……。

まるで、かれんを汚《けが》そうとしているような気がした。こんなにきれいで、こんなにいとおしくて、こんなに大切な彼女に対して、僕の下半身は、丈とHビデオを観ている時とまったく同じ反応を示しているのだ。

いやしかし、ようやくここまでこぎつけたんだし、これを逃《のが》せばまた、次にこんなふうになれるまでいったいどれだけ待たなければならないことか……。

あれこれ、よけいなことを考えて迷っていたせいだろうか。

ふと気がつくと、いつのまにかジーンズはぜんぜん窮屈でなくなってしまっていた。

とっさに、しまった！　と思った。これはヤバイ。話には聞いていたけど、まさか自分にまでこんなことが起こるとは。

恥をかきたくないのと、かれんに恥をかかせたくないのが一緒くたになって、冷や汗が出るほど焦《あせ》りまくった。焦れば焦るほど、ついさっきまでのズキズキとした熱がサーッと引いていく。チキショー、いつものあの気合いはどうしたんだ。どうでもいい時はやたらと元気がいいくせに、かんじんな時になってそれはあんまりってもんじゃないか⁉

何とか気持ちを高めようとして、僕は再びかれんの上にのしかかった。

そのとたん……気づいてしまったのだ。

かれんの体は、かわいそうなくらい震えていた。のぞき込むと、彼女はぎゅっと目を閉じていた。そのまつげの先も、やっぱり震えている。顔なんか、緊張のあまり白っぽくなっている。

それを見るに至って、僕の熱はもう、完全にさめてしまった。

ったく、二十四にもなって、と、昼間の海で思ったのと同じことを思った。何なんだ、この純情さは。

男の自信ってやつが、グラグラ揺らいでしまったせいで、よけいにむしゃくしゃした。でも……それなのに、いとおしかった。いっそ、冗談なんかではなく、窓を開けて大声でわめきたいくらい、かれんが愛《いと》しくてたまらなかった。

ため息をついて、彼女のまぶたにキスをする。

かれんがはっとして目を開ける。

僕は体を起こし、立ち上がって、隣のベッドからキルトのカバーを引きはがした。かれんの体をそれでしっかりくるみこみ、再びそばに並んで横になりながら、首の下に腕を差し入れて抱き寄せる。

「……ショーリ？」吐息《といき》のようなかすかな声で、彼女はささやいた。「どうしたの？」

「いいんだ」

僕は、ミノムシみたいになったかれんを抱きしめた。

「急ぐことないよ」

「……え？」

「お前、さ」僕は額をくっつけて、彼女の目の奥をのぞき込んだ。「お前、今から俺とそうなっちゃうのと、このままこうして抱き合ってるのと、どっちか選ぶとしたら、どっちがいい？」

じっと見つめているうちに、彼女の瞳《ひとみ》に、うっすらと涙がたまってきた。

やっぱりそうだったのか、と思った。こいつは、このばかは、僕に気づかれないようにといっしょうけんめいに我慢していたのだ。本当は緊張でどうにかなりそうなくせに。まだ決心がつかなくて、怖くてたまらないくせに。

「い、いやなんじゃないの」と、かれんは涙声で言った。「ほんとよ」

「わかってるよ」

「私、ショーリにだったらいいって、ほんとに……」

「わかってるって」

僕は、思わずクスッと笑った。

「ほんと言うと、さ」こうして抱き寄せるまでは、情けないからこのまま黙っていようと思っていたのに、結局言ってしまった。「ほんと言うと、俺も、ダメだったんだ」

「え？」

「つまり……立たなかったんス」

かれんが、耳までゆでダコになる。

「あの……私の、せい？」

「ばか、違うよ」まあそれもあるけど、と思いながら、僕は言った。「お前は、すっげぇ色っぽいよ。今だって、気がヘンになるくらいしたいよ。けど、ダメなんだ。自分でも情けなくてたまんないけど」

「…………」

かれんが、熱いおでこを僕の胸に押しつけてきた。

「俺もきっと、まだ準備できてないんだな」

「……ショーリ」

「お前を抱くには、まだきっと、何か足りないってことなんだな」

「…………」

「でも俺、お前の前で無理なんかしないことにした。ウソの自分を見せようなんてしないよ。そりゃ、好きな女の前だしさ、カッコいいとこ見せたいのはやまやまだけど、素材がこれだもん、限度あるし」

「そ、そんなことないわ」かれんは下から僕を見上げて言った。「私、ときどき、家とかでショーリのこと見てて、思うもの。あー、嬉しいなぁーって。私のす……す、好きなひとって、こんなに……こ、こん……こんなにす……す……」

「ネジ巻いてやろうか？」

「す、すてきなんだなぁーって思ったら、もう……」

「――かれん」

たまらなくて、僕は、うーッとうなりながら彼女の体を抱きすくめた。

「あのさ。お前、皿の上に何かすっごく好きな物がのってたら、最初に食べる？　それとも最後に残しとく？」

かれんは、赤い顔のまま、きょとんとして僕を見た。

「なあに？　急に」

「いいから。どっち？」

彼女は、スンと洟《はな》をすすって答えた。

「最初に食べちゃうわ」

「どうして？」

「だって、食べてる間に火事になったりしたら、きっとあとで後悔するもの」

僕が笑うと、彼女は悔《くや》しそうにベッドカバー越しに僕の胸をつついた。

「俺は、逆だな」と、僕は言った。「楽しみは最後までとっとくほうなんだ」

「ショーリ……」

「お前のことも、もう少し先の楽しみにとっとくよ」

かれんの鼻の頭にキスをして、僕は言った。

「だからさ、かれん。お前も、頼むから俺の前では無理なんかしないでくれよ。……な？」

その夜の間じゅう、僕は、一睡もしなかった。

腕の中で、ベッドカバーにくるまれたかれんが眠っている。かすかな部屋の明かりと窓の外の月明かりが、彼女の安らいだ寝顔を照らしている。おでこを出してスヤスヤ眠りこける彼女は、いつも以上に無防備で、まるで子供みたいだった。こんなに間近でそれを見つめていられるのだ。もったいなくて寝られるはずがない。

泳いだり、さんざん緊張したりで疲れきっていたのだろう。かれんは一度も目をさまさずに眠り続けた。

あんなふうに、セリフだけはかっこよく決めたものの、本当は僕は落ち込んでいた。かんじんの時に役立たずだったムスコのせいばかりではなく、かれんがまだ僕にすべてをまかせる気持ちになっていないのだということが、けっこうこたえてしまっていたのだ。でも、あのまま強引に自分を奮《ふる》い立《た》たせて抱いたりしなかったことを、後悔はするまいと思った。

眠っているかれんを起こさないように気をつけながら、僕はひと晩じゅう寝顔を眺めていた。そして、ときどき思い出したようにキスをした。唇だけじゃなく、髪にも、耳にも、まぶたや首筋にも。

そうしている間にはもちろん、何度もスタンバイＯＫの状態になってしまったけれど、我慢するのは苦痛であると同時に、苦痛ではなかった。彼女を抱くより、あえて抱かないでいることによって、もっと強くお互いが結びつけられたのだと思いたい。

かれんのために、僕だけができること――それは、この先彼女が迎えるいくつもの朝を、こんなふうにそばにいて、静かに見守っていくことだ。このポジションだけは、誰にもわたさない。絶対、わたせない。そう思った。

4

かれんが佐恵子おばさんと行く予定になっていた芝居には、あのタツエおばさんも一緒に行くことに決まっていたそうだ。

僕はそれを、あとで丈から聞かされた。

「おふくろってば、姉貴が泊まるって電話をかけてきた直後はカンカンでさあ」

いつものごとく、僕のベッドでごろごろしながら丈は言った。

「どうやら芝居ってのは口実でさ、ほんとはタツエおばちゃんと共謀《きようぼう》して、抜き打ちの見合いをさせるつもりだったらしいぜ。タツエおばちゃんの知り合いってことで紹介して、芝居の後はババア二人だけ先に帰ってくるとか、そういう手はずだったみたいヨ」

僕は、怒るよりあきれてしまった。タツエおばさんの趣味に、何も佐恵子おばさんまでが乗せられることはないじゃないか、と思う。二十四なんて、ほんとに、まだ焦るほどの歳《とし》じゃないのに。

「かれんはそのこと、知ってたのか？」

「さあね。でも、うすうす感づいてはいたんじゃないの？」

そうだとすれば、あの日、鴨川から帰りたがらなかったのも説明がつく。僕と一緒にいたかったというのだってもちろん嘘ではないだろうが、それと同じくらい、彼女は見合いをさせられるのがいやだったのだ。

でも、僕は別にがっかりしたりしなかった。鴨川から帰ってきてまもなく、かれんは佐恵子おばさんに向かって、こう言ってくれたからだ。

「ねえ母さん。私、絶対お見合いなんてしないから、タツエおばちゃんにはあきらめてもらって。ほんと言うと私……好きなひとがいるの」

佐恵子おばさんはびっくりしていたが、不思議なほど何も詮索《せんさく》しようとせずに、すぐにそれを信じた。僕はといえば、あんまり嬉しくて、そのへんをぴょんぴょん飛びはねてしまいそうだった。

「でさ、どうだった？」

丈は、ニッと笑って僕を見た。

「何が」

「とぼけないでもいいってば。どうせ二人とも一緒だったんだろ？　ねえねえ、オレが前に渡した『気持ち』、役に立った？」

「何バカなこと言ってんだよ」

僕はシラを切りとおした。かれんとのあの夜のことは、たとえ仲のいい丈にだって、あるいは、いつも何かと相談に乗ってくれる『風見鶏』のマスターにだって、ひとこともしゃべるつもりはなかった。

「まあ、いいけどさ」と、丈はつまらなそうに言った。「でも、そんなに悠長《ゆうちょう》に構えてていいのかなあ」

「どういう意味さ」

「わかってんの？　姉貴の『好きなひと』ってのが誰だか、おふくろがしつこく問いただ
さなかった理由」

　胸騒ぎがした。

「おたくらの留守にさ」と丈は言った。「中沢《なかざわ》氏が来てさ」

「中沢ぁ？　どうして奴《やつ》がこの家へ来るんだよ」

　中沢博巳《ひろみ》。かれんと同じく、僕の母校でもある光《ひかり》が丘《おか》西高の教師で、マスターにとって
は大学の後輩にあたる。草野球のチームを組んでいて、丈はときどきそこへ助《すけ》っ人《と》に駆《か》り
出されていた。問題なのは、奴がかれんに惚《ほ》れているってことだ。

「野球の試合の日程表をオレに渡しに来たんだけどさ」

「そんなの、『風見鶏』にでも預けときゃいいじゃないかよ」

「ばっかだなあ、わかんないかなあ。中沢氏はさ、夏休みだけど姉貴に会いたかったわけ
よ。何でもいいから口実めっけてさ」

「……それで？」

「うちへ来ても姉貴がいなかったから、上がって麦茶一杯飲んでった」

「家に上げる必要がどこにあるんだよ！」

「オレが誘ったわけじゃないってば。おふくろだよ。おふくろ。で、さ。気にいっちゃったわけ」

「何を」

「だから、おふくろが、中沢氏をだよ」

「もしかして……」

「そ。姉貴の好きなひとっての、てっきり中沢氏のことだと思い込んじゃったらしいぜ」

僕は絶句した。

「なんでそんな、とんでもない誤解が成り立つんだよ？」

「たぶん、中沢氏がしつこいくらい姉貴を誉《ほ》めちぎったからだろ。あれじゃあ、お宅の娘さんを好きです、いずれは頂きにあがりますって言ってるようなもんだったよ」

「…………」

「勝利？」

「…………」

「大丈夫？　目がイッちゃってるぜ？」

「………」

あ・ん・の・や・ろぉぉぉぉぉぉぉ！

奥歯がへし折れそうになった。

悔しいのは、奴がぬけぬけと佐恵子おばさんを懐柔《かいじゅう》しようとしたからだけではなく、それによって、僕とかれんが一時的にしろ助かっているからだった。佐恵子おばさんもタツエおばさんも、これでしばらくはお見合いの話を持ってこなくなるに違いない。それが、こともあろうに中沢の野郎のおかげだとは！


面倒な時には、面倒なことが重なるものらしい。

大学の長い夏休みもあと一週間で終わるという木曜日。夜になって、めずらしく、九州にいる親父《おやじ》から電話がかかってきた。

『お前、この週末はヒマか』

「ヒマなら何なのさ」

『ちょっと、折り入って相談したいことがあるんだが、こっちまで来れんか』

「こっちって……まさか、博多《はかた》まで来いっての？」

デカい声を出した僕を、キッチンにいたかれんがびっくりしてのぞきに来る。

『お前はお前で忙しいだろうとは思うが、まあ、頼む。たまには親孝行しろ』

親孝行ならもう来世のぶんまでしたぞ、と言いたくなったけれど、好奇心には勝てなかった。まあ、帰りに親父から有り金むしりとって、かれんに面《おも》ざしの似た博多人形でも買ってきてやるのもいいかもしれない、と思ってみる。

でも、それにしたって、わざわざ人を福岡まで呼び寄せるんだ、相談ってのの内容くらいは教えるのが礼儀ってものじゃないか？

そう言ってやると、親父はさんざん口ごもり（かれんと違って可愛くも何ともなかった）、その末にとうとう白状したのだった。

『じつは、その……お前に弟か妹ができると言ったら、どんなものかなあ』——と。

最初のあとがき

やっほー。皆さん、元気でやってますか？

私はこのとおり、たいへん元気です。というのも、ついこの間、原稿用紙千枚に及ぶ長いながーい小説を書きあげたばかりで、今は最高の気分なのだ。

ほら、皆さんだって経験あるでしょう？　まるで終わりがないかのように思われた受験勉強の果てに、とうとうすべての志望校の試験を終えた瞬間の、あの解放感。今の私はあれと同じ気分なのよ。うふふ。

さてさて、この「おいしいコーヒーのいれ方」シリーズも、とうとう三巻目と相成《あいな》りました。これも、ひとえに皆さんのおかげです。

ほんと言うと、第一話を書いた時はまさかこんなに長く続くとは思ってませんでした。それどころか、初めはシリーズものにするつもりさえまったくなかったので、「第一話」

どころか「LET IT BE」なんて副題さえついてませんでした。つまり私自身は、マスターが勝利にとびきりおいしいコーヒーのいれ方を伝授してやる、あの場面で終わったつもりだったのです。

と・こ・ろ・が。

掲載された「ジャンプ・ノベル」本誌をひらいてみて、びび、びっくり。ラストの一文の後には、ナント、(第一話・了) と印刷されているではないですか。

たまげました。おまけにその「第一話」が、アンケート集計の結果、読者の皆さんに支持されていると担当さんから聞かされた時はもっとたまげました。ということは……ほんとに続きを考えなきゃならないってこと!?　こりゃ大変だ。

そんなこんなで、勝利とかれんが初めてキスをするまでの第二話を書き、酔っぱらった彼女がストリップを始める第三話を書き、そうこうするうちにどんどん続いていつのまにやら第八話、それなのにまだ終わらないという……。

でも、自分でも不思議なほど、行きづまったためしはないのです。私がお話を作っているという感じではすでになくて、勝利とかれんはもちろんのこと、丈やマスターや京子ちゃんや星野りつ子やネアンデルタール原田や佐恵子おばさんや中沢氏などが、みんな好き勝手に動いているのを、私はただ目で見て、彼らの声を聞いて、それを文章に置き換えているだけ、というのに近いのね。

ついでに言うと、私の目にはかれんやその他の人物の顔や姿は見えているのだけど、ただ一人、勝利の顔だけは見えない。なぜって、私自身が彼の目を借りてすべてを見ているからです。

今度、彼が鏡をのぞく時にでもじっくり観察させてもらおうかな。ハンサムじゃないだろうけど、勝利ってけっこう「いい顔」してる男の子だと思います。

いい顔をしているかどうかは、いい目を持っているかどうかで決まります。そして、いい目を持っているかどうかは、その人の魂が今より高いところをめざしているかどうかにかかっているのです。きみたちも心せよ。

前回のあとがきにも書いたとおり、去年の夏は、『翼』という長編小説の取材のために三十七日間かけて車でアメリカを旅してきました。幸い、ガラガラヘビには襲われなかったけれど、それでも三回ほど死にそうな思いをしました。

一度目は、グランド・キャニオンの谷底、コロラド川の支流で泳いでいて滝に吸い込まれかけた時。小さな滝だったから、落ちてもまあ死にはしなかったろうけど、それでも水の力というのはすごいものです。吸い込まれる寸前で岩のとっかかりにつかまったはいいけど、足だけ流されてぐいぐい引っぱられ、もう、「コイの滝のぼり」状態。ようやく助けてもらった後しばらくは、腰がぬけて立てませんでした。おまけに足だの手だの、岩で切って血がだらだら出てさ。今でも傷が残ってます。

二度目は、高速道路を走っている最中に、後ろのタイヤがバーストしていきなりちぎれ飛んだ時。たまたまスピードを落としていたからよかったものの、そうでなければ今ごろはこんなところであとがきなんて書いてやしませんよ。それどころか、かれんから「……今日は、鴨川にいない？」と言われた勝利が唖然《あぜん》とするシーンの後は、「編集部よりのおわび・残念ながら、この後は皆さんのご想像におまかせします。【完】」なんてことになってたかもしれない。そうなったら誰が一番かわいそうって、勝利だよねえ。彼には何とかして、想《おも》いをとげさせてやりたいものであります。

で、三度目は、モニュメント・バレーで馬に乗っていた時でした。乗馬なんか、その時がまだ三回目よ。馬がとことこ速歩《はやあし》になったりすると「ひええ」と思うくらいの初心者ですよ。なのに、突然、ドンガラガッシャーンと大きな雷が落ち、驚いた馬が後脚立ちになっていないたかと思うと、ダーッと猛スピードで走りだしたのでした。死にもの狂いで手綱《たづな》を引き絞《しぼ》り、どうにかふり落とされる前に止まることには成功したけれど、馬から降りてもガクガク震えが止まりませんでした。

このように、旅をすればしただけ、危険に出くわす確率は高くなります。私の行きたいところはどこも、観光ルートからはずれたところばっかりだからよけいにね。だけど、じっとしてる気にはなれません。私は、人生ってのはもともと旅だと思ってるから。

みんなの人生だってそうだよ。実際に電車や飛行機に乗って遠くへ行く行かないにかかわらず、生きている以上、毎日は、人や、物や、新しい知識や興味との出会いの連続なんだから。それは、旅をしているのと同じことです。

アメリカで怖《こわ》い思いをした時も、その時その時は何を考える余裕もなかったけど、今になってみると思うんです。生きるってことは、本来そういうものなんだ、って。平和な日本にいると忘れてしまいがちだけど、生きて息をしてるっていうのは決してあたり前のことなんかじゃなく、本当は、一分一秒がつねに死と隣り合わせなものなんだって。今ここで無事に息をしてられるってこと、それだけでもすでに、無数の偶然の上にあやういバランスで初めて成り立っている、奇跡みたいなことなんだって。

そう考えると、恋ってものも、もっと素晴らしく思えてきませんか？　これだけの広い世界の中で、誰かと出会って、好きになって、おまけに、自分が好きになった相手が自分のことを好きになってくれて、お互いに離れたくないと思うようになって……。これ以上の奇跡がある？　すごいことだよ、それって。

世の中に「絶対」と言いきれることはめったにないけれど、これだけは言える。「一日生きることは、一日終わりに近づくこと」。ぼんやりなんて、してられないよね。

というわけで、来月から私は、三か月ほどかけたイングランドの旅に出発します。この本が出るころにはおそらく、リュックをかついでアイルランドあたりを放浪していることでしょう。

どうか再び、無事を祈っててやって下さい。冬だから川では泳がないと思うし、雷も落ちないと思うけど、うっかりＩＲＡのテロ事件に巻き込まれないとも限らないので。

さて——何はともあれ、お便りを下さった皆さん一人ひとりに、感謝、感謝であります。あまりにもヤル気が出なくて、電話を留守電にしてオヒゲの担当さんから逃げまわっている時でさえ(↑ナイショよ)、皆さんのお便りを読むと、ホウレンソウを食べたポパイのようにメキメキ元気がわいてきます。それはもう、不思議なほどです。

えー、そこのキミ、わかってるでしょうね？　これはつまり、お便りを下さいという遠まわしの催促ですよ。……ぜんぜん遠まわしじゃないって（笑）。

ではでは、またね。お互いに、いい「旅」をしましょう。

Bon Voyage!

一九九七年九月　鴨川にて

村山由佳

文庫版あとがき

皆さんお元気ですか？　今年もまた「おいしいコーヒーのいれ方」の季節がやってまいりました。

シリーズの文庫化も、はや三冊目。

毎回、志田さんが描きおろして下さる表紙イラスト、第一巻からズラリ三冊並べてみると、をを、夏が来たのだ！　という気分になりませんか？

皆さんからのお便りを読ませて頂くと、「最初はとにかく表紙に惹《ひ》かれて買ってみたらハマっちゃいました」なんて書いてきて下さる人も多くて、ちなみに今回の表紙は私、個人的に大変好みだったりします。もし、〈ぐっとくるエロティシズム・アンケート投票〉なんていうのがあったとしたら、私にとってのナンバーワンは、「素肌に男物のシャツ一枚」かもしんない。……ちょっとマニアックかしらん（笑）。

えー、さて。

このたびショーリとかれんは、ついに二人だけの一泊旅行を果たし、まぁすべてがうまく運んだわけではないにしろ、甘くほろ苦い海の思い出を作ることができたわけですけれど……何を隠そう、この私にだって、忘れられない海の思い出くらいあるのです。

あれは、私がショーリと同い年だったころ。季節は春、場所は御宿《おんじゅく》の海。ようやく夜が明けたばかりの浜辺はまだ風が冷たくて、首をすくめて震えていたら、隣にいた先輩が言いました。

「寒いのか?」

私があわてて首を横にふると、とたんに先輩は大声で怒鳴りました。

「ならもっと腹の底から声を出さんかあッ! たるんでんぞ、お前るぁ! 声出せぇ、声ぇッ。走れコラァ、ファイトォッ!」

……大学の体育会の合宿というのは、ま、おおむねそういう感じのものであります。

当時、私はアーチェリー部に所属していました。

アーチェリーと聞くと、優雅でお高くとまったスポーツをイメージする人も多いかもしれないけど、とぉぉぉんでもない。何しろ腐っても体育会ですから、先輩後輩の年功序列はっきりしてるし、集合時刻に一分でも遅刻すればグラウンド十周&腕立て百回の刑に処せられるし、弓の練習の後は河川敷《かせんじき》を何キロも走らされるし。おまけにアーチェリーの公式戦というのは、一試合が四時間もかかるうえに、雨でも雪でも中止にならんのです。びしょ濡《ぬ》れで弓を引き、泥んこを跳ねあげながら矢を取りに走り、的に深く刺さった矢が濡れてすべってなかなか抜けなくて手間取っていたりすると、たちまち後ろのほうから「グズグズするなぁッ」と先輩の怒号が響いたりしてね。

子供の頃からぽやぁ〜んとのんきに育ちあがってしまった私にとっては、なかなかにハードな日々でありました。

でも、下級生だった時はまだ楽だった。そりゃ体力的にはきつかったし、先輩たちから理不尽なことを言われたりもしたけど、目に見えることとさえちゃんとやっていれば何とかなったので。むしろ本当にきつかったのは、幹部と呼ばれる最上級生になってから、つまり、目には見えない葛藤《かっとう》を持てあまし始めてからのことでした。

私はどういうわけか女子部の主将だったのだけれど、いやはや、今ふり返っても、ほんっとに向いてなかったなあ、と思います。人に厳しくするのが大の苦手で、誰かの気分を損ねることが何より気になる性格なのに、時には部員に向かって罰を言い渡さなくちゃならないし、試合のスタメンを選んだり交替を決断したりしなくちゃならないし、本来プレッシャーにはめちゃくちゃ弱いのに、みんなにハッパかける以上、まず自分が点数をたたき出さなくちゃならないし。毎回そううまくはいかなくて、負けた試合はもちろん、勝ち試合の後でも、みんなと笑って別れた後、家の明かりが見えてきたとたんに涙がこぼれたことが何度もありました。

でも、今になると思うんです。そういう私をリーダーと仰《あお》がなくちゃならなかったみんなには迷惑かけたけど、おかげで私は、大事なことをたくさん学べた気がする。向いてはいなかったけれど、ううん、向いていなかったからこそ、あれほどいろんなことが骨身にしみたんじゃないかと思います。人は逆境でこそ育てられる、というのは本当だよね。

たとえば、人の意見に対して柔軟であることと、優柔不断であることとの違い、とか。自分の意見をしっかり持つことと、自己中心的であることとの境い目、とか。複数の選択肢を前にして迷っても、いったん決めた以上は決めた自分を信じる強さ、とか。それでも決定的に間違ってしまったと気づいた時に、謝るだけじゃなく次の方法を考えられるしぶとさ、とか。

そして中でも、あの日々を通じて私が得ることのできた一番の収穫は、自分の限界を思い知らされて落ちこんだ時や、コンプレックスの重圧に押しつぶされそうになった時に、どうやってそれを踏み越えるか、という、その気持ちの切り替え方でした。

長い間、ひとつの集団の中でひとつの競技をやっていると、途中で何度も壁にぶつかる瞬間がめぐってきます。前と同じようにやってるはずなのに、ふいに出口の見えないスランプに突入してしまったり、一生懸命練習しているつもりなのに、後輩たちに抜かれて焦《あせ》ったり。人間関係においても同じく、自分の意思をちゃんと伝えられなかったばかりに、誤解されてドン底の気分に陥《おちい》ったり、与えられた役割を果たす力のない自分がちっぽけでみじめに思えて、自己嫌悪のあまり何もかも放り出してしまいたくなったり……。

けれど、落ちこみ方はその時々でいろいろでも、〈自分に足りない何か〉が原因の失敗から立ち直る方法は私の場合、結局いつも同じでした。まずは——足りなかったものが何なのかをはっきり自覚すること。それから——今は重荷にしか思えない自己嫌悪やコンプレックスを、何とかして、自分自身に火をつけるための燃料へと変えてやることです。

「根性」なんてクサい言葉、体育会時代にはさんざん聞かされて耳にタコだったけれど、このところ、個人的にもまあいろいろあったせいか、今さらながらにしみじみ思ったりしています。自分の中にあるウジウジした気持ちを思いきってねじ伏せる、その一瞬に必要なのはやっぱり、コンチキショウと奮起するための「根性」なのかもしれんなあ……って。

試合と違って現実の世界には、何度だって敗者復活戦があるんだもんね。そう――自分があきらめてしまわない限りは。


ところで。

おそらく皆さんお気づきの通り、このシリーズの各章についているタイトルは、どれも少しばかり懐かしめの洋楽の曲名から拝借しています。

この第三巻で言うなら、ボズ・スキャッグスの『We're All Alone』、シカゴの『Love Me Tomorrow』、それに二つめの章の『Without You』は、ニールソンほか何人かのミュージシャンがカバーした名曲。どの曲も、流行《はや》りすたりとは関係なく、時代をこえて生き残ってきたスタンダードといっていいと思います。

それにしても、音楽の力って偉大だよねえ。ほんの短い時間で、聴く人をハイにさせることもできるし、しんみりさせることも、不愉快にさせることも、心地よく癒《いや》すこともできるなんて、時々、マジに嫉妬《しっと》してしまうこともあるほどです。だって小説は、そんなに短い時間では人の気持ちを動かすことまでできないから。

ちなみに私は学生時代、試合の直前には大音量でクイーンの『We Will Rock You』から『We Are The Champions』を続けて聴いて「いぃぃぃよっしゃあッ！」と気合いを入れたし（←単純）、あるいは長期にわたる合宿の夜など、なんとなくざわざわと波立つ気持ちを鎮《しず》めたい時には、ウォークマンでイーグルスの『Hotel California』や『Desperado』や、ビリー・ジョエルの『Goodnight Saigon』なんかを聴いたものでした。

だから、今でも街を歩いていてそうした曲が流れると、つい立ち止まって最後まで耳を傾けてしまいます。そういう時に私の五感がとらえているのは、現実の街の風景や音などではなくて、グラウンドの隅の汚い部室にさしこむ光の感じや、合宿で泊まった宿の畳の匂《にお》いや、今ではもうどこでどうしているかもわからない、懐かしい人たちの顔や声や……。

こういうのってきっと、私だけじゃないんじゃないかと思うんだけど、どうなのかな。たった1フレーズを耳にしただけで、気持ちが過去のある瞬間へと引き戻されて、どうしようもなくせつなくなってしまう——そんなふうな〈特別の一曲〉が、きっと誰にでもあるんじゃないかな。

たしかに、小説は音楽とは違うけれど、だからこんなことを望むのは欲ばりなのかもしれないけれど、私のこれまで書いてきた、そしてこれから書いていく小説のひとつひとつが、誰かにとっての〈特別の一冊〉になったらどんなに素敵だろう、と思います。流行りすたりや、読む人の年齢や、時代の移り変わりなどとは関係なく、時おりふっと本棚から取り出して、そのたびにせつなく読み返してもらえる、そんなふうな〈スタンダード〉であれたらどんなにいいだろう、と。

夢見て願うだけなら、簡単なこと。実現させなくちゃね。

二〇〇一年六月

村山由佳

この作品は一九九七年十月、集英社より刊行されました。

村山由佳

おいしいコーヒーのいれ方Ⅰ〜Ⅹ

集英社文庫

彼女を守ってあげたい。誰にも渡したくない――。高校3年になる春、年上のいとこのかれんと同居することになった「僕」。彼女の秘密を知り、強く惹かれてゆくが…。切なくピュアなラブ・ストーリー。

村山由佳

おいしいコーヒーのいれ方 Second Season Ⅰ〜Ⅳ

集英社文庫

鴨川に暮らすかれんとなかなか会えず、悶々とした日々をおくる勝利。
それぞれを想う気持ちは変わらないが、ふたりをとりまく環境が、
大人になるにつれて、少しずつ変化していき……。

天使の梯子

年上の夏姫に焦がれる大学生の慎一。だが彼女には決して踏み込めないところがあった。

大事な人を失って10年。残された夏姫と歩太は立ち直ることができるのか。

傷ついた3人が奏でる純愛。

ヘヴンリー・ブルー

8歳年上の姉、春妃が自分のボーイフレンドと恋に落ちた。「嘘つき！

一生恨んでやるから！」口をついて出たとり返しのつかないあの言葉……。

夏姫の視点から描かれた「天使の卵」アナザーストーリー。

約束　―村山由佳の絵のない絵本―

自分たちにできないことは何もないと信じていたあのころ。

『約束』『さいごの恐竜ティラン』『いのちのうた』。

大人になったいまだからこそ読んでみたい、三篇の心のものがたり。

集英社文庫

彼女《かのじょ》の朝《あさ》 おいしいコーヒーのいれ方《かた》Ⅲ

2001年6月25日　第1刷
2012年5月14日　第41刷

定価はカバーに表示してあります。

著　者　村山由佳《むらやまゆか》

発行者　加藤　潤

発行所　株式会社　集英社
東京都千代田区一ツ橋2-5-10　〒101-8050
電話　03-3230-6095（編集）
03-3230-6393（販売）
03-3230-6080（読者係）

印　刷　大日本印刷株式会社

製　本　大日本印刷株式会社

フォーマットデザイン　アリヤマデザインストア　　マークデザイン　居山浩二

ISBN978-4-08-747330-8 C0193